龍之國幻想
1
三川美里
欺騙神明的皇子

作者序言

有魅力的故事主角，通常是憑藉出色的能力和才能去領導別人或推動世界的人。事實上，正是因為主角的優秀才有辦法折服別人，由於主角的活躍而改變別人或世界的故事確實非常暢快。我很喜歡這類故事，我也寫過幾次擁有特別才能或技術的主角。

不過，有時我也會想要試試看反其道而行。

不是由擁有特殊能力和才能的「優越者」來擔任主角，而是由不具備大家認為本來就該有的東西的「缺陷者」來擔任。

這世上沒什麼東西是理所當然的、本該擁有的，但人們不知為何總是認定某些事物是理所當然的，所以一看到不符合期待的事物，就會感到驚愕、哀憐、輕視、厭惡，使得那些不具備應有能力的人背負了極大的煩惱和痛苦，同時又比別人得到了更多體悟，變得更堅強、更體貼，想必也擁有更多的喜樂——我覺得這種主角也是非常有魅力的。

所以我寫了《龍之國幻想》。

這是「不具備應有能力之人」的故事。

我之前從來沒寫過這樣的主角，所以有點擔心，不知道讀者能不能接受。如今這部作品能在大海另一端的臺灣出版，令我又驚訝又深感光榮，打從心底感到高興。

故事背景是有龍棲息的特別國度，主角日織是在這個特別國度之中不具備特別能力的人。我不知道自己能把「不具備應有能力」的她寫得多有魅力，但我會盡自己最大的努力，希望能讓大家在閱讀這本書的時候得到更多享受。

日織經歷了哪些事情？她面對這些事情時有什麼想法？她選擇了怎樣的生活方式？我深切期盼讀者能看到最後。

三川美里

目次

龍之國幻想

主要登場人物介紹

央大地之下有龍在沉眠。
在龍之原這個國家，女人都擁有聽得見龍語的能力。
不具備這種能力的「遊子」都得死。
男人若具備這種能力、聽得見只有女人能聽到的龍語，
則會被當成「禍皇子」處死。

Hiori no miko
日織皇子 二十七歲

生長在龍棲息的國家龍之原，
深愛的姊姊因身為遊子遭到殺害，誓言為姊姊復仇。
隱瞞了女性身分，為了改變國家而渴望登上皇位。

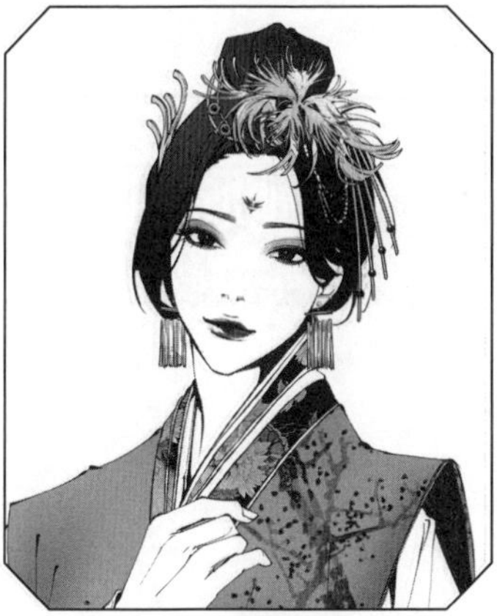

Haruhana no himemiko

悠花皇女 十九歲

前任皇尊唯一的孩子。
貌美又聰穎。
因體弱多病而被
託付給日織。

Tsukishiro hime

月白小姐 十六歲

日織的遠親。
兩年前嫁給日織。
稚氣未脫，
天真地愛慕日織。

Utsutsuyu

空　露 三十六歲

在祈社擔任高階神職。
從小就以教育者的身分
陪伴在日織身邊，
知道日織的「祕密」。

Yamashino no miko

山篠皇子 五十四歲

不津的父親，日織的叔父。
皇位的競爭者之一。

Ishika

居　鹿 十四歲

遊子。
寄居於祈社，
因仰慕悠花而時常來訪。

Futsu no ookimi

不津王 三十九歲

前任皇尊的姪子。
在伯父過世後競逐
皇尊寶座，
是日織的宿敵。

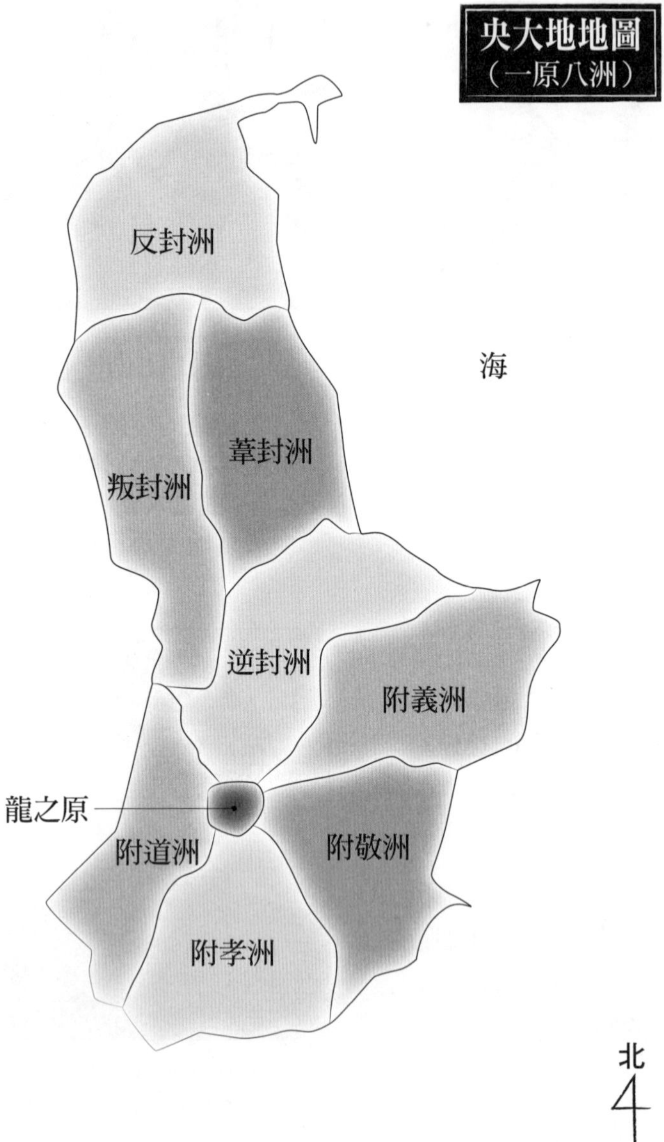
央大地地圖
（一原八洲）
反封洲
海
葦封洲
叛封洲
逆封洲
附義洲
龍之原
附道洲
附敬洲
附孝洲
北

龍之原地圖

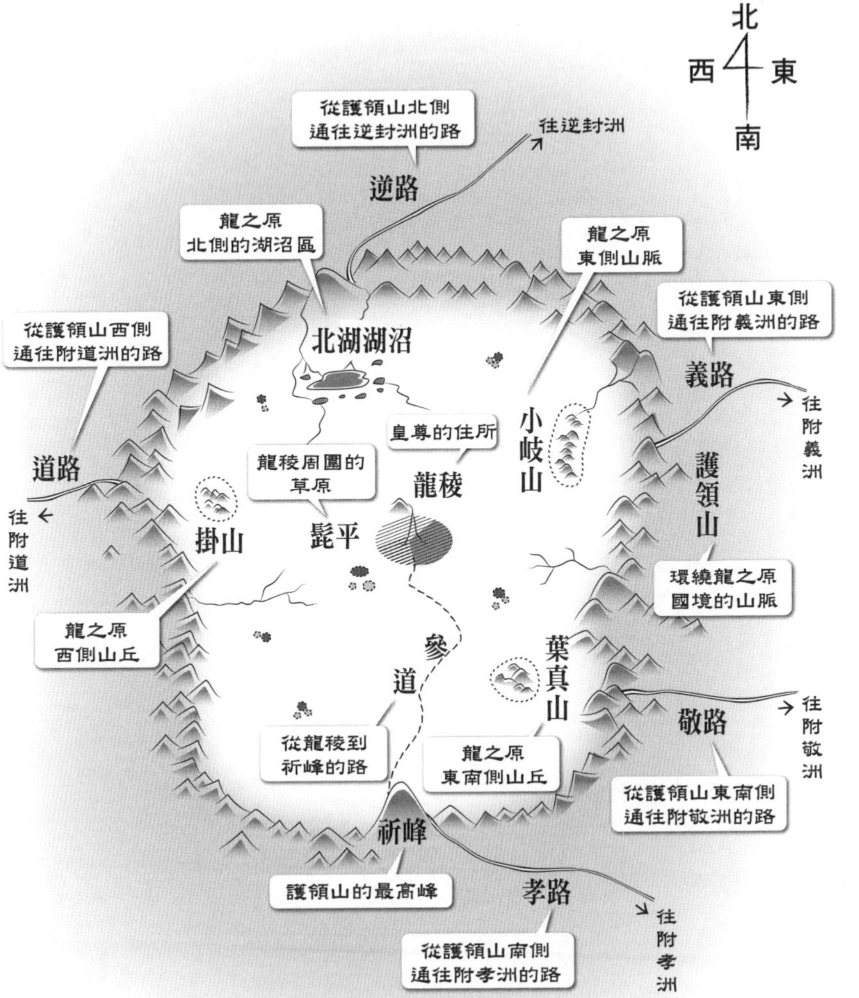

里　十戶左右的聚落
鄉　五百戶左右的聚落

※鄉里分散於龍之原各處

地圖製作：Atelier Plein

龍之原不靠海。

因為國境之外環繞著五個國家——五洲。

央大地有九個國家，稱為一原八洲。一原指的是龍之原，八洲則是和龍之原接壤的五洲和其他三洲。

龍之原以外的八洲全都是臨海的國家。

相對地，龍之原擁有八洲都沒有的生物。

那就是龍。

龍之原是龍棲息的國度。

龍之國幻想 1

欺騙神明的皇子

序章

——就送姊姊最喜歡的花吧。

這真是個好主意。

七歲的日織一心沉浸於這個念頭。

姊姊宇預今年十四歲，命運註定她必須在這年齡離開龍之原。雖然日織早就知道，但聽到姊姊即將離開龍之原時還是傷心得流下淚水。

「我離開龍之原以後會過得很幸福的，別哭了。」宇預緊緊抱住哭泣的日織。

聽到姊姊能過得幸福，日織覺得很高興。

但宇預一離開龍之原就不能再回來，而日織也不能去找她。兩人就要永別了。

日織希望在離別的日子送一份禮物讓姊姊開心。

離別的那天。

日織一大早就跑進森林，摘了很多百合花。姊姊宇預給人的印象就像那種纖細優雅的粉紅花朵。

日織專心一致地摘花，連時間都忘了，直到擦拭額頭汗水、心想怎麼會這麼熱，抬頭望向天空，才訝異地發現散發著夏季炙熱光芒的太陽已經接近天頂。

「糟糕！」

慌張地回到宮裡，負責教育日織的空露氣急敗壞地跑來，焦急地說「宇預殿下已經出發了」，日織一聽便哭著求空露牽出馬匹去追宇預。

聽說宇預是坐轎子走的，騎馬一定追得上。

要從龍之原前往八洲的任何一國，都得先翻過環繞龍之原的山脈。

狹窄曲折的山路兩旁布滿了濃密到駭人的翠綠林木，蟬鳴聲聒譟擾人。雖然有層層疊疊的樹葉遮蔽陽光，但這天溼氣很重，山上暑氣蒸騰。

百合花可能會因太熱而枯萎。日織用細麻繩綑住滿滿一大把花，夾在馬身和腿之間，衷心祈求「千萬別枯萎了」。

差不多快到山頂時，空露突然拉住了馬。

「怎麼了，空露？」

日織隨著他的視線望去，看見狹窄的路邊放著一頂木板搭的轎子，外面塗了黑漆，但模樣樸素，毫無裝飾。那鐵定是宇預搭的轎子。

看看四周，沒有轎夫和宇預的身影。附近空無一人。

空露策馬慢慢靠近轎子，從鞍上跳下來，神情非常緊張。

「日織，在這裡等著，我去附近看看。」

空露把馬繫在附近的櫸樹，鑽進路旁叢生的山白竹和小橡樹之間。前面似乎是一片窪地，附近被踩踏得一片狼藉。

日織也用雙手抱著百合下了馬，走向轎子。轎中放著披巾和梳子。那應該是宇預的物品。日織感到不安，心裡越來越害怕。

從窪地的方向傳來了空露細微的呻吟。

「空露。」

日織往路旁走了幾步，立刻聽到嚴厲的呼喊：

「不要過來！」

儘管空露這樣說，但不知道發生什麼事會讓日織更害怕，所以還是抱著百合走向空露聲音傳來的窪地。

日織走下長滿青草的緩坡，看見空露的背影。這窪地大概是乾涸的水池，地面充斥著令人不舒服的溼氣。

「空露，怎麼了？」

空露回頭，看見日織走下窪地朝他奔來，就焦急地大吼：

「日織，不要看！」

空露跑過去，抱住日織往後推，又用手遮住日織的眼睛，似乎不想讓日織看見前方的情景，但已經來不及了。

日織看見了倒在窪地中央的東西。

懷中的百合花落到腳邊。細麻繩斷裂，百合花散落一地。

空露遮著日織眼睛的手掌在顫抖。

倒在窪地上的是姊姊宇預的屍首。日織一眼就能看出那是屍首，因為她的頭和身體是分開的。

巨大的衝擊使得傷心、恐懼、哀憐，各種情感霎時湧出。日織整個人都呆住了。心裡只有一句「為什麼？」。為什麼宇預死了？

日織雙腿顫抖，口中突然爆出刺耳的尖叫。

「日織！冷靜點！」

空露叫道。但是尖叫聲沒有停歇。日織腦袋一片空白，什麼都無法思考，阻斷了思考的身體卻抗拒似地繼續尖叫。

停不下來。

雜木林之中吹來一陣涼風。

似乎有個東西以驚人的速度在林木之間盤旋、掠過，朝這裡飛來。

強風把抱著日織的空露推倒在地，遮住日織眼睛的手隨之鬆開。

日織倒下時撞到了背，痛得屏息，尖叫隨之停止。視線朝向樹梢之上的天空，有一隻生物扭曲著身體往上攀升，銀色鱗片閃亮地反映著光輝。寬度約一人環抱的渾圓軀體，如同劃開天空似地左右搖擺的尾巴，光澤亮麗、長著八十一片鱗片的銀色腹部。

那是龍。只棲息在龍之原的生物，神的眷屬。

日織曾經看過龍在遠山或遙遠的地平線上扭身飛翔，但從來不曾像這樣近距離觀看。

龍捲起的強風夾帶著剝開樹皮般的味道。風和香氣迎面撲來。

龍升上了藍天。那只是一瞬間的事。

耳中嗡嗡作響，這是自己尖叫聲的餘音。

「為什麼？」

日織無意識地喃喃說著。

為什麼龍在此時出現？

這和宇預發生的事有關嗎？

到底發生什麼事了？

日織有好多事情想要問龍。龍既然是神的眷屬，應該是無所不知吧。

日織家族中的所有女性都能聽見龍語，如果日織也有這種能力，能聽懂那條飛走的龍發出的聲音，心中疑問或許可以得到解答。

但日織聽不見龍的聲音。

宇預也聽不見。

日織和宇預一生下來就沒有大家都具備的能力，也正是因為這樣，宇預才不得不離開龍之原。

龍飛走的身影好無情。

那不看這邊一眼就飛走的身影，彷彿在說「這就是命運」。神的眷屬捨棄了宇預和日織這種「不具備能力之人」嗎？

淚水從臉頰滑落。

那不是出於悲傷或害怕，而是因為憤怒。

日織好恨神的眷屬拋下宇預躺在山中的屍首，毫不在意地飛離。對神懷抱恨意是極為不敬的行為，但七歲的日織尚未對神萌生出敬畏之心。在養成敬畏之前，怒火就先誕生了。

就算那是神，日織也不肯接受這種不公義之事。

心中默默念著「我才不要服從」。就算是命運，我也不想遵從。

既然龍覺得這就是命運，滿不在乎地飛走，那我才不要遵從這種命運。屈服於命運，就等於把宇預的死亡視為理所當然。

這樣想是在侮辱宇預。宇預才不是該死的人。
就像堅決不肯接受宇預的死亡，日織對命運湧出強烈的質疑。
地上散落的百合花全都枯萎了。

第一章　美麗的新妻，悠花

一

綿綿細雨中，日織握住鹿毛馬（註1）的韁繩。

雖然穿著銀灰色的防雨皮裘，卻無法徹底隔絕雨水，衣袖和白褲的褲管都變得又溼又重。日織從馬背上望向泥濘道路的周圍，睫毛上的水滴隨著眨眼而落下。

草木被雨滴打得垂頭喪氣。

現在已是初夏，路邊色彩鮮豔的草花卻遲遲不敞開花苞。唯一綻放的只有山腳下野生的鹿藥花，昏暗的風景沒有因此增添色彩，反而顯得更加寂寥。

（連花也在服喪嗎？）

註1　身體是紅棕色，鬃毛和四腳是黑色的馬。

這是當然的，因為統治龍之原的皇尊駕崩了。

雨從皇尊崩殂之日以來便沒停過，已經下了整整十天。在新皇尊登基之前，雨是不會停的。這是所謂的殯雨。從央大地剛冒出海面的神話時代開始，皇尊駕崩與即位已經重複了幾十代，從未有過例外。

道路前方有一座以四根白木柱子支撐的檜皮屋頂大門。進門以後，宮裡的舍人（註2）便上前拉住日織的馬轡。

「好久不見了，日織皇子殿下。」

「才五日吧。」

日織邊下馬，邊苦笑著說。舍人瞇起皺紋遍布的眼角，聳肩說道：

「就算只有五日，對我們小姐來說卻像一百日。她每日早晚都望著門口，期盼看到日織皇子殿下的身影……」

「日織殿下！」

少女的聲音傳來。日織和舍人同時回頭，看見一位纖細如母鹿的少女跑到雨中，踏著泥水朝這裡奔來。

「看吧，小姐都等不及了。」

註2　侍奉貴族的僕役。

舍人忍著笑意說道，牽著馬走開了。
「日織殿下！您來了啊！」
少女飛撲過來，攀住日織的脖子。
她的頭上綁著雙髻，插著花狀的珊瑚釵，小巧可愛的嘴巴兩旁分別點了一小顆靨鈿，背子是鴨綠色，纈裙是大紅色。沒有看到披巾，不知丟到哪去了。她的打扮總是帶有一種稚嫩又活潑的感覺。（註3）
她笑起來會露出一邊酒窩，這點也顯得很孩子氣。
「真是的，淋溼會染風寒喔，月白。」
見到她不顧下雨，毫不掩飾開心地露出笑容的天真模樣，日織就覺得心情放鬆。這就像是觀賞庭園裡明豔花朵的心情。
她是日織的妻子，名叫月白。
「溼就溼了嘛，我才不會染風寒呢。我好寂寞喔，日織殿下。」
「不是才五天不見嗎？妳真愛撒嬌，明明都十六歲了。」
「因為我聽說日織殿下被推舉為下任皇尊的人選嘛。日織殿下擔任皇尊是理所當然的，不過我聽了還是很擔心，不知道日織殿下是不是已經丟下我跑去龍稜了。」

註3 背子為無袖罩衫，纈裙為紮染的裙子。

「我兩天後才要去，而且我也會帶妳一起去喔，月白。」

「我也可以一起去嗎？太好了！」

月白的乳母大路拿著披巾走過來。看到月白纏著丈夫，大路露出頭疼的表情，但月白天真的模樣令她不忍苛責，只能苦笑。

「兩位都溼透了，請到屋內吧。」

「大路說得是。我們進去吧，月白。」

日織向前一步，彷彿要抱住不肯放手的月白的腰，此時遠方傳來如雷般的巨響，冷風從上方吹來。

抬頭一看，不停降雨的雲裡露出一截覆蓋著銀白色鱗片的渾圓軀體。那是龍的腹部。一條顯眼的白龍優游在濃淡不一的灰色雨雲中，長度大約是日織身高的十倍，從體型看來，這條龍應該超過一百歲了。

「妳們從龍的聲音聽到了什麼？」

日織一問，大路就皺著眉頭望著天空說：

「那條龍不太高興。是吧，月白小姐？」

月白的視線也慢慢地隨著龍移動。

「嗯，很不高興。是咆哮聲吧？」

「是的。我沒聽見龍說什麼，只有咆哮聲，聽起來很不安。」

「很正常。」

日織喃喃說道。

「畢竟現在沒有皇尊。」

在皇位空懸的期間，雨是不會停的，空懸的時間越久，雨就下得越大。

如果拖了太久都沒選定皇尊，便會引發洪災。

皇尊駕崩四十天後，大地會開始淹水，超過八十一天，大水會沖毀稻田和建築，山上土石崩落，而且不只龍之原有殯雨，連相鄰的五洲都會下起雨。

若是超過一年沒有皇尊，龍之原會被大水淹沒，八洲也會發生水災。

若是超過四年，據說沉眠於央大地之下的地大神——地龍——將會甦醒，撼動大地，一原八洲九個國家所在的整片大地都會沉到海裡。

地大神，即地龍，實際上是暴戾之神——荒魂（註4），守護地龍沉眠是龍之原皇尊的使命。若無人鎮守暴戾之神，則後果不堪設想。

（皇尊必須盡快即位才行。）

從神代到今日，皇位空懸最久的時間是一年。根據龍之原的正史《原紀》所記

註4　在日本神道信仰中，神的靈魂分成「荒」、「和」兩種精神面向，前者粗暴具破壞力，後者寧靜和諧。

載，那是發生在三百年前的事，當時龍之原有一半泡在水裡，三分之二的人民因此喪命，相鄰的五洲也因殯雨而發生洪災，很多人被水沖走。皇尊必須盡快即位，不只是為了龍之原的人民，也是為了相鄰五洲的人民。

逆著雲流優游的銀白色腹部鑽進一片濃密的雲層，消失無蹤。

凝視著龍的日織在大路的催促下和月白一起走進正殿，脫下皮裘。連皮裘裡面的衣領和衣袖都溼到能擰出水。

溼潤的風從敞開的門和格子窗不斷吹進來。月白領著渾身溼透的日織走進主屋最裡面，免得凍著，又用乾布仔細地擦拭日織的肩膀、背後和手臂。不擅長照顧人的年輕妻子照顧丈夫以免感冒的動作非常認真，看起來既笨拙又可愛。

「日織殿下全身都溼透了呢，真可憐。」

「沒辦法，這是殯雨嘛。」

「這可不是一句沒辦法就能了事的。若是感冒就糟了，請您多保重自己的身體。」

「喔？生氣啦？好凶的妻子啊。」

「討厭啦！」

日織和嘟噥著的月白四目交會，自然地露出微笑。月白停止動作，閉上眼睛，把臉貼近。日織撫著她的臉，輕輕一吻，嘴唇微微沾上口紅的香味。

月白紅了臉，嘴角滿足地浮現靦腆笑容，接著又繼續擦拭。

（我只能用這種方式安慰她。）

正因這是用來增進感情的親暱動作，更加深了經常盤旋在日織心中的愧疚。

不過月白似乎這樣就滿足了。她並不期望更進一步，或許是因為她比實際年齡更單純。

月白出身於日織祖父妹妹的家系，雖然兩人有血緣關係，但原本並不認識，直到日織該娶妻的年齡時，空露才找到了她，說她是最適合成為日織妻子的閨秀。

月白討厭男人，連自己的父親都不例外，她也不喜歡往外跑，成天都和乳母待在一起。

她的雙親非常苦惱，擔心她一輩子都無法嫁人。

正因如此，空露才認為月白很適合當日織的妻子。

兩人見面後，月白第一眼就對日織很有好感。日織不像其他男人，有一種中性的氣質，或許有人覺得這代表柔弱，但月白反而很喜歡。

空露說過「月白小姐很排斥男人這種生物，如果是您一定沒問題」，事實證明他說得一點都沒錯。

月白嫁過來已經兩年了。

日織婚前本來很擔心，沒想到現在和她相處這麼融洽。

「可以跟日織殿下一起去龍稜，我好開心。日織殿下什麼時候要即位呢？」

「我只是人選之一，還有另外兩位人選，現在還不能確定是我。正是為了選出皇尊，我兩天後才要去龍稜。」

「日織殿下才是最好的，應該由您來當皇尊。」

月白天真地一口咬定，然後興奮地說：

「去了龍稜以後，我們會住得更近吧？可以的話，最好能住在一起，這樣我們就可以更常相處了。」

「妳不能和我住在一起。」

「嗯？為什麼？」

日織先請月白坐下，自己也盤腿坐在蒲團上。月白露出訝異的表情。

「我準備再娶一位妻子。我今天來找妳也是為了說這件事。」

「……咦？……妻子？」

月白喃喃說著，像是聽不懂這句話的意思。

「妳沒聽說皇尊駕崩時的那件事嗎？我還以為所有人都知道了。」

月白搖搖頭。

「皇尊在臨終之前把我叫到了病榻前。」

那是十二天前的事。日織被臥病在床的皇尊叫了過去。

眾人都說他已時日無多，因此日織想不通自己為什麼會在這種時候被叫去。皇尊是日織的叔父，但兩人並不親近，頂多只會在祭禮和宴席上打個招呼。

不過日織對這位皇尊叔父印象不差，因為他經常面帶微笑，可以看出是個性格溫和、心胸開闊的人。

日織來到病床前，看到皇尊變得消瘦又虛弱，那雙明亮的眼睛在他發黑的臉上格外突兀。皇尊因死期將近而畏懼，又承受著病痛的侵蝕，已無暇顧及體面和禮節，表現得非常不安。

衰弱到令人心驚的皇尊握住日織的手，懇切地拜託。

他非常擔心獨生女悠花。悠花的母親已經不在了，又沒有兄弟姊妹來照顧她，若是父親也死了，她就無依無靠了，所以他希望日織娶悠花為妻，一輩子保護她。

皇尊的手已經瘦骨嶙峋，皮膚變得乾巴巴的，摸起來卻很熱，彷彿那衰弱的體內有什麼正在燃燒。

當時在場的大祇（註5）、太政大臣和左右大臣都聽到了皇尊交代的話。

日織不想娶月白之外的女性，事實上就連娶妻這件事都讓日織感到內疚，因為這樣會同時虧待月白和另一位女性。

話雖如此，日織當下只能接受。

註5 最高階的神職稱謂。

「我沒辦法拒絕皇尊的心願，我很了解他的擔憂，因此只能答應。我打算今天去見悠花，正式迎娶她，明天悠花就是我的妻子了，我也會帶悠花一起去龍稜。妳要跟她好好相處……」

話語突然中斷。因為月白凝視著日織，不停地掉淚。

「月白……」

「您會成為悠花殿下的丈夫嗎？」

「是這樣沒錯，但我依然是妳的丈夫。」

「您不再是我一個人的丈夫了嗎？」

這個問題刺痛了日織的心。

（我早就知道會讓月白難過。）

月白深愛著日織，這份愛有多天真，就有多專一，日織也知道這份愛中包含了少女的獨占慾，她希望丈夫只屬於自己一人。

之所以答應娶悠花，是因為悠花能幫助日織實現今後的計畫。日織從二十年前就懷抱著宏大的心願，所以這也是無可奈何的。

（雖然不知道有沒有結果，我還是一直在等待時機，如今終於等到了，我絕不能放過這個機會。）

相對地，日織也下定決心，要用自己的一生去守護月白和素未謀面的悠花。

日織摟住月白，月白撒嬌似地把額頭貼在日織的胸前。

「我們之間不會有任何改變，別擔心了。」

「可是……我還是不想……」

「忍耐一下吧。」

日織又吻了月白來安撫她。

（我真是太虧待她了。）

日織打從心底憐惜月白，很想好好保護她，但只要自己心中藏著祕密，就沒辦法對妻子們完全表露真心。

日織從懂事之前就帶著祕密過日子。

雖然自己也常常對此感到厭煩，但也只能接受現實。

月白繼續哭了好一陣子，漸漸平靜下來，到了天色變暗時，她才終於破涕為笑。彷彿算準了時機，空露在此時來接日織了。

龍之原的天空仍是烏雲密布，才到傍晚，天色已經很暗了。

蒙上一層灰色的遠方景色是一道如水墨畫的威嚴山脈，名為護領山，是環繞著龍之原的天然國境。日織眺望的方向矗立著一座特別高的山峰，那是護領山的最高峰——祈峰。

日織驅馬走向那座四季都覆蓋著深綠色的山峰。

「真是令人鬱悶。」

騎著青毛馬跟在一旁的空露聞言，便用平淡卻帶有一絲教訓的語氣說：

「您是指迎娶悠花殿下的事嗎？看來您真的很不情願呢。」

「我是在說殯雨。沒什麼特別的含意。」

日織嘴上如此辯解，但確實因為再娶一事委屈了月白和悠花二人而心情沉重。

（我真不想讓她們難過。）

單就人與人的相處而言，日織比較喜歡女性。日織從小生活在女性之間，對她們的溫柔體貼、堅韌風趣感到很熟悉、舒適。男人這種生物總是會讓日織聯想到父親，或許是因為這樣，所有男性都如同想法難以理解的粗暴生物。

日織從小到大身邊唯一的男性是空露，但他是神職者，氣質和一般男性不太一樣。

「既然非娶不可，那就娶吧。娶悠花殿下為妻又沒有損失。前任皇尊對您信任到願意把女兒託付給您，這一定能幫助我們達成目標。」

日織覺得自己的心思被空露看穿了，不禁縮了一下脖子，心想「真是瞞不過他」。

「你都看出來了。」

空露是神職者，在護領山上供奉地大神及其眷屬之龍的祈社擔任護領眾。

身為護領眾的他不綁髮髻，頭髮剪齊至肩上，穿的是黑衣黑褲。

「我知道您的決心，只是您太容易把宇預殿下投射到所有女性身上了，這樣會妨礙您的行動，請您一定要冷靜以對。」

「你叫我娶月白的時候也是這樣說的。你明明知道一切，還敢叫我娶妻，真是太了不起了。但這不是出於什麼投射，而是我無法不對她們感到愧疚。你倒是一副沒啥大不了的樣子，是因為你是神職者嗎？」

日織半諷刺半敬佩地說道，空露柔和地笑著回答：

「原來我也開始像個神職者了，真是太好了。」

「臉皮真厚。」

「承蒙您的稱讚，真是太榮幸了。」

「我可不是在稱讚你。」

日織不禁愁眉苦臉，空露仍是神色自若地看著前方。

擔任神職越久，心中就越無罣礙。空露在少年時期成為了護領眾，到現在已經當了將近三十年的神職者。

日織現在要去的就是空露隸屬的護領山祈社。

根據悠花寄居祈社這件事來看，前皇尊如此擔心女兒的將來，還把日織叫到病床前交託重任，並不只是杞人憂天。

即使是皇女，沒有靠山也活不下去，這是因為女人無法獲賜宮殿或領地。悠花在父親駕崩之後就離開了皇居，但又沒地方落腳，只能寄住在祈社。

祈社是在護領山最高峰——祈峰——的山腰拓建而成的。

一棟棟白木搭建的干欄式建築零散地分布在茂密的針葉樹林中，彼此以迴廊相連。據說龍經常會出現在祈社周遭。

龍是在寒冷高空聚成球狀的雲中誕生的。

出生之後，龍吸收充斥於天空的神氣而成長，自由地翱翔於龍之原。

龍是沉眠的地大神地龍的一部分。

神正是因為具有相反的兩面性才擁有力量。神之所以為神，是因為有「荒魂」及「和魂」。

地龍為荒魂，和魂則是其平靜和諧的另一面，而和魂化為形體出現在大地上，就形成了龍這種生物。龍會對皇尊發出建言或警告，與皇尊一同守護龍之原。

為了鎮守地龍，皇尊必須求助於飛翔於龍之原的龍。

龍之原的人民對龍這種生物早已司空見慣，但龍從不會靠近到伸手可及之處，人只能懷著崇敬之情遠遠觀看。祈社正是用來供奉這些龍，祈求龍庇祐龍之原和皇尊。

到了祈社後，日織在空露的目送下跟著采女（註6）走進去。

（娶妻啊……）

愧疚之心油然而生。

（內疚又能怎樣？我沒有選擇的餘地，只能像空露一樣，把目標之外的一切拋諸腦後。）

日織一邊說服自己，一邊跟著采女走。

走在前頭的采女提著燈，微弱地照亮前路。

在白木柱子羅列的迴廊上，兩人走向沒有人聲的寂靜區域。

雨水從迴廊的屋簷不停滴落，打在長滿青苔的緣石上，發出滴答的聲響。迴廊周圍綿延著自然風格的庭園，庭石和緣石覆蓋著青苔，四周瀰漫著泥土香。

「請往這裡走，日織皇子殿下。」

采女停下腳步。

迴廊的盡頭是一座白木建造的干欄式宮殿，有位老婦人站在通往宮殿的階梯前方。采女朝日織鞠躬後就轉身離開，老婦人走了過來。

「我是悠花皇女殿下的乳母杣屋。悠花殿下在裡面等您，請進吧。」

註6　照顧貴族起居的侍女。

日織沉穩地點頭，走上階梯。

乳母杣屋一臉擔憂地看著日織。

赤腳走在地板上感覺冰涼涼的。連柱子和地板都帶著靜謐的氣氛，畢竟此處是神域，當然很寧靜。祈社是用只生長在護領山一小處的白杉樹建造的。經過加工、比一般杉木更潔白的白杉建築，本身便帶有一種與世隔絕的清淨。

只有神聖的祈社和皇尊居住的龍稜才會使用白杉，因此白杉柱一詞也代表了神聖的處所。

日織打開門，走進屋內。

門邊放著一個架著油燈碟的三腳燈臺，火苗在碟中搖曳。屋內只點了一盞燈而光線昏暗，但是從屋梁垂下的鮮豔五色絹布還是很顯眼。絹布後方就是主屋。

悠花應該在絹布的另一側吧。

日織停下腳步，整理心情。

五色布後方的女性是十天前駕崩的皇尊僅有的孩子。

（我知道自己會委屈她，但我還是必須這樣做。）

日織甩開迷惘，朝著絹布說道：

「悠花皇女，我是日織。我要進去了。」

二

日織拉開絹布走了進去。

白色披巾和纈裙拖在白木地板上，悠花倚靠著憑几，雙腿側擺，一副慵懶的模樣。

她的髮髻上插著常夏花造形的翡翠銀釵，額上畫了小小的紅色花鈿，脣上擦了光澤亮麗的口脂，皮膚白皙，背子是雅致的淡青色，把她的膚色襯托得更白。望過來的雙眼形狀漂亮、清晰有神，塗在眼角的一抹紅更顯得美目盼兮。

她的周圍彷彿籠罩著一股不真實的氛圍，彷彿是夢境中的女子現身在黑暗中……

日織不禁屏息。

（好美的人。）

已逝的皇尊一向不讓悠花公開露面，所有人都對此感到不解，也有人問過皇尊理由，他總是回答「因為她體弱多病」。

（皇尊不希望悠花出現在人前，或許是擔心她這魅惑人心的美貌會引來什麼紛擾吧。）

聽說她今年十九歲。眼前的女子有一股令人迷亂、難以形容的風韻。她筆直望來的眼中蘊含著堅定的意志，但又奇異地帶著一絲憂愁，這種不協調的感覺也非常吸引人。

「初次見面，悠花。我是日織。妳知道我是妳的堂兄吧？」

日織在悠花面前盤腿坐下，報上名字。

日織的父親是悠花父親的哥哥，而且是悠花父親的前一任皇尊。

換句話說，日織的父親是前前任的皇尊，在他過世之後才由悠花的父親繼任。日織和悠花都是皇尊的子女，又是堂兄妹的關係，雖然血緣相近，這卻是他們第一次見面。

悠花默默地點頭。

「妳知道我為什麼來見妳嗎？」

悠花用長長的袖子遮住嘴巴，不解地搖頭。她是不是很害怕呢？

「妳的父親——前皇尊——留了遺言給我，所以我才會來見妳。」

說到這裡，日織重新坐正。

「我希望迎娶妳。」

悠花睜大眼睛。

「前皇尊的遺言就是要我娶妳為妻。我已經有一位妻子了，如果我娶了妳，我保證會一輩子照顧妳，就像對待另一位妻子一樣。但我要先告訴妳，我不會把妳當成一個女人來愛。」

日織靜靜地說道。

「我知道自己很不講理，如果妳願意接受，請妳嫁給我。」

悠花注視著日織，眨了眨那雙美麗的眼睛。

「妳怎麼想？請妳回答我。」

日織再次問道，心裡覺得很奇怪。

（她為什麼不回答？而且她從開始到現在都沒說過一句話。到底是為什麼？）

悠花似乎看出了日織的疑惑，她的手伸向地板，將紙硯移到面前，提筆寫上字，把紙交給日織。

『我不能說話，也不能走路。』

紙上這樣寫著。

日織驚訝地來回望向悠花和紙上的字。悠花點點頭，彷彿在說「就是這樣」。

（喔喔，怪不得皇尊會……）

前皇尊說悠花體弱多病，看來並不是謊言。此外，皇尊直到死前都還在擔心女兒的將來，這慈祥的父愛令日織非常感動。他一定很希望在自己死後能有人幫他照顧悠花。

（他大概是看上了我對女性一向端正守禮吧。）

前皇尊一定很疼愛悠花，為她牽腸掛肚。

他這份愛孩子的心令人覺得好溫暖。

若是換成日織的父親，恐怕連看都不會看悠花一眼。日織的父親——前前任的皇尊——非常排斥與眾不同的人，既輕視又厭惡。

「我們的父親雖是兄弟，卻差很多呢。」

悠花看到日織的微笑，不解地歪著腦袋。日織把紙放在腿上。

「沒什麼，就當我沒說過吧，失禮了。如同剛才所說，我打算遵從前皇尊的遺言娶妳為妻。」

悠花又開始寫字。

『您真的願意娶一個像我這樣的妻子嗎？』

紙上如此寫著。

「有什麼問題嗎？」

被這麼一問，悠花指了指自己的嘴和腳。日織苦笑著說：

「那又如何？」

和我相比，妳的問題根本算不了什麼。日織本想這樣回答，但還是把話吞了回去。悠花一臉訝異地注視著日織，彷彿在觀察某種陌生的生物。

「我對此沒有任何不滿。那妳呢？妳肯答應嗎？」

悠花垂下眼簾，像是在思索，過了一會兒再次提筆寫字，遞出紙張。

『我願意當您的妻子。』

紙上這麼寫著。

她接受亡父安排的順從態度刺痛了日織的心。

雖然她表現得有些猶豫，但卻沒有露出氣憤或厭煩的神情，乖乖地接受了亡父的遺言。這是因為她從小被教得溫柔乖順，完全沒想過要反抗父親嗎？

還是說，她也很清楚不嫁人就得不到依靠呢？

無論她是不懂得反抗還是無力反抗，自己都是在欺負一個單純的弱女子。日織努力揮開自責的念頭，不讓刺痛停留在心中。

「那今後就請妳多多關照，悠花。我們好好地相處吧。」

悠花抹了胭脂的眉眼之間，浮出既像放棄、又帶著悲哀的微笑。

（我無法愛妳，但我會好好珍惜妳、保護妳，就像對月白一樣。）

日織也露出微笑，以免讓她感到不安。

雨聲之中出現了一些輕盈的噠噠腳步聲。

「悠花殿下要走了嗎？」

「她會離開祈社嗎？聽說有人來接她了。」

「見得到悠花殿下嗎？今天也能見到她嗎？」
少女清澈而高亢的聲音傳來，日織回頭望去。她們似乎在門外向乳母杣屋問話，杣屋低聲回答：
「請安靜一點，日織皇子殿下正在裡面。」
「悠花殿下要嫁給日織皇子殿下嗎？」
「她要走了嗎？難道她今天就要走了？」
那不安的語氣聽起來很可憐，日織起身走向聲音傳來的門口，把門打開，站在門外的杣屋和兩位少女都嚇得發出驚呼。
「妳們是來找悠花的嗎？進來吧。」
少女望向彼此，一副扭扭捏捏的樣子。其中一位少女年約十三、四歲，眼神看起來很聰穎，另一位少女大約十歲左右，有一雙像小狗一樣的渾圓眼睛。
日織蹲低身子配合她們的視線高度。
「不用顧慮。妳們常常來這裡吧？」
兩人點了頭。
日織轉頭望向悠花，她稍微坐直了一些，開心地招手，少女們見狀便戰戰兢兢地走過日織身旁，朝悠花奔去。兩人一坐在她面前就撒嬌地探出上身。
「真是對不起，日織殿下。悠花殿下剛到祈社的那天，這兩個女孩不小心闖了進來。悠花殿下很疼她們，所以她們每天都會來玩。」
杣屋一臉抱歉地低下頭。
日織站直身子，注視著少女的背影。
「她們是遊子吧？」
「是的。現在祈社裡的遊子只有她們兩人，但我不知道她們是從哪裡的宮殿或府邸來的。」
遊的意思是沒有歸屬，遊子的意思就是不屬於任何地方的孩子。
生於皇尊一族的女性都能聽見神之眷屬——龍——的聲音。
悠花鐵定是聽得到的，而日織的妻子月白也是這一族的小姐，當然也能聽見。杣屋雖然地位不高，但想必也是這一族的旁系親屬，應該也能聽見。
照那些女性所說，只要附近出現了龍，她們就會聽到龍的聲音。
有時是鬱悶的咆哮，有時是隻字片語，有時是笑聲。她們無法清楚理解其中的意思，頂多只能感覺到龍的心情，藉此察覺到有異狀發生。
不過，族裡也有些女性聽不到龍語。
她們被稱為遊子。
遊子聽不見神眷之聲，一出生就被視為遭神厭棄之人，自古以來都是可悲的存在，有時甚至會遭到排擠。

被家族憐憫或排擠的女子們。

（只不過是為了這點小事……）

日織凝視著少女們嬌小的背影，不自覺地咬緊牙關。

日織的父親——前前任的皇尊——格外討厭遊子，他認為這些女子是尊貴的鎮神一族之中的廢物，是不祥之人，所以一即位就發布了命令。

他下令把遊子聚集在祈社，和家族隔絕。

此外，到了女子成年的年齡十四歲，她們就要被賞賜給八洲之中的某位國主。

遊子只能悄悄地、避人耳目地在祈社生活，滿十四歲之後就要送給八洲的某位國主當妾。

八洲的國主樂於接納龍之原一族的人，遊子會在其他國家過著幸福的生活——大家都是這麼以為的，日織本來也相信這種說詞。

直到看見姊姊宇預的屍體為止。

「那女孩幾歲了？」

日織看著較年長的女孩，向杣屋問道。

「十四歲了。聽說殯雨一停，反封洲的國主就會派人來接她。」

「反封洲？她要去那麼遠的國家？」

「是的。先到逆封洲，再走海路到反封洲。」

「……別人是這麼跟她說的吧。」

二十年來都沒熄滅的怒火在日織的體內熊熊燃燒。

（說什麼有人會來迎接她，大家明明早就察覺到真相了。用這種說詞來消除罪惡感，真是太齷齪了。為什麼不乾脆直說要把她們殺死？）

八洲的國主絕不會侵略鎮守凶神的龍之原，因為他們把龍之原看作神國，又敬又畏。基於這種敬畏之心，龍之原要求他們帶走遊子，他們自然會乖乖聽從。

可是，之後要怎麼處置遊子，那就是國主的自由了。

很少有國主真的把遊子納為妾室。仔細想想，那些女性已經被皇尊烙上了不祥之人的標籤，只有少數幸運兒能被帶到其他國家，大部分的人還沒越過龍之原外圍的山脈就會被殺掉了。

就像日織的遊子姊姊宇預一樣。

日織和宇預一樣，也是個受人排擠的遊子。

日織是女人。

就連妻子月白都不知道這件事。

日織的身材高眺苗條，只要束起髮髻、披上頭巾、穿上男裝，看起來就像個秀氣的青年。她在青春期吃了大量火柿，那是一種碰到皮膚就會發麻的有毒果實，刻意把嗓子弄得粗啞。慎重起見，她平時都會拉高衣襟遮住咽喉。

現在只有空露一個人知道日織是女性，而且是遊子。日織的母親、姊姊、乳母也知道，但這三人都已經過世了。

本來日織應該像宇預一樣，滿十四歲就被趕出龍之原。

日織剛出生時，母親和乳母就發現她聽不到龍的聲音，為此非常難過。

當時才七歲的宇預提議說：

『如果把這孩子假扮成男孩，她就不是聽不見龍語的遊子了。』

母親和乳母都贊成了她的主意。

一旦事跡敗露，不知道會受到怎樣的懲罰，但身為母親實在無法承受兩個孩子都被放逐。

母親剛懷上日織時，皇尊訂下了放逐遊子的法令，這令她對丈夫感到絕望。雖然她對想要放逐親生女兒的冷酷丈夫既不滿又傷心，丈夫卻始終沒有改變心意，她因此變得越來越頑固，對丈夫充滿近似憎恨的情緒。

夫妻間的裂痕一直無法修補，足月之後，她回到娘家，生下了孩子。

原本一個月後她就該帶著剛誕下的皇子回到皇尊丈夫所在的龍稜，但她以產後身體不適為由，繼續留在娘家。

對皇尊而言，這孩子是第一位皇子。

皇尊看不到孩子很不高興，一個月後就來到了妻子的娘家，說「我想抱抱孩子」。

日織的母親和乳母都很冷靜。

她們聽說鄰里有位婦女也在差不多的日期生了個男孩，就把那男孩借來一天，當作「日織皇子」讓皇尊抱。

日織的母親之後還是用身體不適為由留在娘家，日織自然也留在母親的身邊。皇尊偶爾會心血來潮跑來探望，不過他只要看到日織健康的樣子就會滿意地離開。

這位皇尊不是個疼愛孩子的慈父。

對他來說，只要有皇子能繼承皇位就好了。

與其看到妻子為自己發布的法令過得鬱鬱寡歡、透露不滿，還不如讓她待在別處養育他的繼承人。

其實皇尊娶日織母親之前就有心儀的對象了，但最後無法結為連理，他還曾經煞有介事地說自己一直忘不了那位小姐。

他們夫妻間的情愛本來就很薄弱……不，應該說他們根本不相愛。

很諷刺的是，父親的冷淡反而幫助日織保住了祕密。

日織很順利地以男孩的身分長大，至今依然平安無事。

她是靠著母親、乳母和姊姊的計謀而活下來的。宇預無辜慘死，自己卻因姊姊的計謀而活下來，每次想到這點就令日織心痛欲裂。

日織看著那位少女和悠花說話、聰慧的眼睛閃閃發亮的模樣。她的臉上還帶有一絲稚氣，十分可愛。

（我得在那女孩出發之前廢除法令。為了達到目的……）

皇尊發布的法令，只有皇尊可以廢除。

（為了達到目的，我一定要當上皇尊。）

日織在二十年前看到了宇預的屍首、得知她死亡的真相之後，就懷著強烈的憤怒下定決心。

她決定隱藏女性身分、遊子身分，瞞過所有的人，當上皇尊。

而且她還要廢除父皇的法令，殺死了姊姊的法令。

這是為了憑弔姊姊宇預，不讓她白白死去，更為了反抗自己的命運。

日織不知道自己到底有沒有機會當上皇尊，雖然她有繼承權，但皇尊若是生下兒子，那個孩子就會成為皇儲——「大兄皇子」。

（所幸這二十年來皇尊都沒有生下兒子，只生了一個女兒悠花。雖然會讓悠花委屈，但我如果娶她為妻，一定會有助於廢除法令。）

已逝的前皇尊沒有兒子能繼承皇位，自然是由擁有繼承權的族內男子來繼承。這次被推舉的皇尊人選共有三位，日織就是其中的一位。

日織最重要的目的，就是當上皇尊之後廢除父親發布的驅逐令。

若日織要當上皇尊，遵從前皇尊遺言娶了皇女這件事能令她更受大祇和大臣們信任。既然前皇尊都願意把皇女託付給日織，由她繼承皇位也是應該的，如此一來廢除法令時也能輕易地堵住反對意見。

（但我得先當上皇尊才行。）

皇尊選拔兩天後就要開始了。

「我才不會屈服於命運。」

日織看著遊子少女的背影小聲說道。

這句話她已經說過數百次、數千次，就像念經一樣。

女子之身的遊子妄圖成為皇尊，身為遊子竟想坐上負責鎮守凶神的皇尊寶座，任誰都會說她太僭越了。

但是……

沒人聽神說過女人不能當皇尊。

皇尊向來由族內的嫡系男子擔任，這是因為使地龍沉眠的皇祖治央尊是個男人。治央尊親手封印了地龍，所以自神代以來都是由皇祖一脈來繼承皇位。能確定的只有這一點。決定只能由嫡系男子擔任皇尊的並不是神，而是擔心改變皇尊性別會使地龍醒來的人類。

驅逐遊子也不是神的旨意。在日織看來，那只是心胸狹窄至極的父親擅自訂下的愚蠢規矩。

日織原本就不認為遊子是遭神厭棄之人，她相信「能否聽見龍語」只是一種特質。

神職者說過，女子感應神的能力比男子更高，所以這一族的女子才聽得見龍語。要這樣說的話，那不就只是一種特質嗎？

如果聽不見龍語就代表遭神厭棄，那麼所有男人都是遭神厭棄之人，但皇尊卻還是由男人擔任，這實在太矛盾了。人們總喜歡把「慣例」和「感覺」做為說詞，對其中的矛盾卻視若無睹。

那只是人們的任意曲解。

會把單純的特質冠上善惡之分的並不是神，而是人。

既然一切都由人決定，欺瞞這些人也算不了什麼。人訂的規矩，當然可以由人來打破。

就算那是神訂的規矩，她也要瞞過神的眼睛。

「我兩天後會來接妳。還有一些時間，妳可以好好地和那些女孩告別。」

聽到日織這句話，少女們都面露遺憾。悠花安慰似地用長長的袖子撫摸她們的頭。

「兩天後一起去龍稜吧，悠花。」

悠花看著日織點頭。

龍稜。位於龍之原中心地帶的皇尊住所。

三

這片土地稱為央大地，由「一原八洲」九個國家所組成。

人們相信海中的這片大地之下沉睡著巨大的龍。

睡在地底下的龍被稱作地大神、地龍，據說那是一旦醒來就會讓整片大地沉入海底的暴戾之神，是支撐著世界根基的荒魂。

龍之原是被近乎圓形的巨大山脈所環繞的國家，而龍之原位於一座巨大火山的火口。如屏障般環繞著龍之原的山脈是火口的外環山，名叫護領山。

這片土地雖然稱為央大地，其實是一個從海中隆起的不規則巨大火山島。因為面積非常大，與其說是島嶼，稱為大地更合適。

龍之原的皇尊負責鎮守沉睡在巨大火山下的地龍，免得讓其醒來。

收錄央大地從神代以來各種傳說的《古央記》，記載了這樣的創世神話……

從前在海上有一對巨龍，兩條龍都是萬能的神祇。

其中一條巨龍死後，另一條巨龍悲傷得發狂，在海上掀起滔天巨浪。大海的另一端是住了上百億人民的古大地，因為爭戰不休，大地沉沒海中，有一群人便逃到了海上。

率領人民划船出海的就是龍之原的皇祖，治央尊。

治央尊在洶湧的海上遇見悲傷得瘋狂的巨龍，雖然他無法平息巨龍的悲傷，但他答應幫助巨龍沉眠以忘卻悲傷，並以自身做為巨龍的封印。

巨龍睡著後，身上形成了土地。治央尊和人民登上這片大地，以此做為新居。

據說沉眠於地底的地龍希望一直沉睡。

永遠睡下去正是地龍的心願。

因此龍之原才會有龍。

神並非始終平靜而協調，必須同時包含荒魂及和魂才會具備神力。如果少了荒魂，和魂會失去力量；若是只有荒魂也不具備力量。必須兩者兼具才是神。

因此，龍之原又生出了與荒魂地龍相對的和魂，化為龍形在天空翱翔，並協助皇尊鎮守地龍，提供警告或建言。

事實上，皇尊一族的女性都能聽見龍語。

沒有皇尊在位則會使龍惶惶不安，降雨不停。

如果皇位空懸超過四年，地龍就會醒來，引發各種災難，使一原八洲沉入海底。

龍之原的皇尊是讓可怕凶神繼續沉睡的關鍵人物，是守護地龍睡眠的人。端看皇尊在世時無法讓位給新皇尊，就能明白皇尊責任之重大。世上能和地龍結緣的只有一人，若是此人尚未過世，地龍就不會再跟另一人結緣。

龍之原的皇尊是央大地上獨一無二的存在。

因此八洲雖然為了權力和領地不停鬥爭，卻沒有一國膽敢出兵侵犯龍之原。

日織騎在鹿毛馬上，在細雨中瞇眼看著遠方。

「是龍稜……每次看到都覺得好壯觀。」

龍稜周圍沒有鄉里或田地，只有遼闊的平地，到處長滿高度及膝的青草，四周沒有森林，連一棵樹都沒有。這並不是出自人為的維護，龍稜的周遭就是長不出樹木。

青草倒是長得很茂盛。草葉像細細的龍鬚，由於雨下個不停，葉子低垂得彷彿無精打采，但天氣晴朗時葉尖便會指向天空，隨著山下吹來的風如波浪般起伏，那片景色清爽得像是有條看不見的龍掠過草原。

草原中央聳立著一顆巨大的岩石，彷彿是從地下冒出來的。

從規模來看，稱之為岩山或許更貼切，這座岩山的高度不輸環繞在龍之原外圍的護領山。

從護領山的最高峰——祈峰——眺望龍稜，宛如一隻大到不可思議的龍爪突破草地。尤其是頂端微彎的地方看起來更像。

雖然大得像座山，其實那是一整塊巨大岩石。

在岩壁上鑿出的石階從地面往上延伸，連接著干欄式的白杉柱建築。建築物沒有聚在一處，岩山到處都嵌著大大小小的建築，像蟻窩一樣，以石階和懸空的迴廊彼此相連。

這就是龍之原皇尊的住所，龍稜。

被雨淋溼的巨大岩石通體漆黑，彷彿朝著低垂的烏雲伸出爪子。

和日織並轡而行的空露壓低聲音緊張地說：

「切莫掉以輕心，日織。皇尊的人選不只您一位。」

「我知道。」

空露不經意地往後方看了一眼。

他們的背後有兩頂由舍人抬著的木板屋頂黑漆轎子，兩座轎子的門窗都用布簾遮住，一頂坐的是月白，另一頂坐的是悠花。

「您和那兩人相處的時間想必會變多，其他皇尊人選也會住在龍稜。您的祕密千萬不能被人發現。」

聽到空露在耳邊囑咐，日織默默地點頭。

空露最擔心的就是她的女兒身會敗露。

日織很早就有自己的宮殿，所以日常生活無需擔憂。雖然兩年前娶了月白，但那是訪妻婚，兩人並沒有住在一起。這是日織第一次住在日常生活需要提防他人耳目的地方。

（如果身分敗露，不僅當不上皇尊，還會被趕出龍之原。）

日織不禁戰慄。和死亡的恐懼相比，她更怕的是這輩子毫無建樹的悔恨。

（大祇和大臣們叫來這些有繼承權的人，到底打算做什麼？）

她知道這是為了選出皇尊，但收到的通知沒有更詳細的說明。

龍稜的大門稱為木王門，那是位於巨岩底端的隧道。明明是一條巨大岩縫，卻用木中之王——梓樹——來命名，這是表示一切凶邪不得進入之意。

岩縫之中是往上攀升的石階。

日織在龍稜被分配到一座宮殿做為居所，宮殿的四棟殿舍集中在一個石坳裡。

月白和悠花先進宮殿，而日織直接前往大殿。

大殿接近龍稜的頂端，是一棟建於石坳中的干欄式檜皮屋頂白杉柱建築。前庭下方的石階兩旁種著桃樹，嫩綠的葉片都垂向地面，彷彿被殯雨打得有氣無力。底下有漏縫的廊臺半懸在崖邊，若是站在廊臺上，簡直會被夾著雨水從草原吹來的強風給吹走。

附近傳來和雨聲不同的劇烈水聲。

大殿的後方有一道從岩壁湧出的瀑布。

和一般的瀑布不同，這道瀑布是從沒有河川池塘的岩壁之中噴出的。岩壁的另一邊有蓄水池，一旁的岩壁上看起來像開了個洞，卻沒有蓄水池。這毫無疑問是堅硬的岩山，沒有人能解釋為什麼會有水從中流出。

湧出的奔流注入一座深潭，凹陷的大洞如同在地面嵌了一個大甕。潭邊沒有水流出，卻保持著固定的水位，水似乎是流到地底了。流到龍稜之下。

大祇和大臣們經常說龍稜是個奇妙的地方。

走上大殿階梯，有一位采女站在門前。她朝日織鞠躬，打開大門。

一走進去，到處都是香木的刺鼻味道，那是儀式中會焚燒的驅邪香。

殿內沒有隔間，只有一座寬敞的木地板大廳，在白杉柱整齊羅列的空間裡，神職者大祇和三位大臣分別坐在左右兩邊。

侍奉於統治龍之原的皇尊身邊、實際上掌管龍之原政事的就是大祇和三位大臣。

大祇是護領眾的領袖，負責祭祀地大神地龍及其眷屬——翺翔於龍之原的龍，以神官的身分跟在皇尊身邊。

三位大臣包括太政大臣和左右大臣。左右大臣是執行政務的長官，太政大臣則是皇尊身邊的議政對象。

在這些高官大臣前方，有兩個男人背對門口而坐。

末端的牆上掛著五色布簾，布簾前方是一張黑漆高腳桌——寶案，上面放著用紫色絹布蓋住的物品。

門口的采女喊道，大祇、三位大臣，還有背對門口的兩個男人同時轉過身來。

「日織皇子殿下到。」

日織把兩袖舉到胸前，謙恭一揖，被采女請到兩個男人的身邊坐下。

「好久不見了，日織。已經多少年啦？你長大不少呢。」

身邊的男人小聲地說道。

他是比日織大十二歲的堂兄，不津王。他肩膀寬闊、體格健壯，膚色偏深且濃眉厚脣，渾身充滿精力，比纖瘦白皙的日織更富有男人味。

「我早就成年了，不會再長大了。」

看在不津的眼中，日織大概只是個不成熟的少年吧。兩人雖是堂親，但不常往來，只是偶爾會在皇尊舉行的宴會上碰面。因為日織一直極力迴避這種場合，跟他幾乎沒說過話。

不津沒有把日織冷淡的反應放在心上，微笑著說：

「聽說你娶了兩位妻子？如何啊？」

（難道他對我的妻子有興趣嗎？）

日織認真盯著堂兄的臉。

（他感興趣的應該不是月白，而是悠花吧。）

不津已經有三位妻子，包括左大臣的一對雙胞胎女兒，以及被譽為皇尊一族之中舞姿最美的小姐。月白既不是權貴之女，又沒有出名的美貌或歌舞長才，而且她不愛交際，連宴會都不參加，在族裡存在感極低，顯然不是他會喜歡的類型。

「什麼如何？」

日織不明白他的意思便反問道。

「別聊天了，不津、日織。」

發出告誡的是坐在不津身旁的另一個男人，山篠皇子。他是不津的父親，也是日織父親的弟弟。簡單說，他是日織的叔父。

前陣子駕崩的皇尊是山篠的兄長。

山篠的態度不像兒子那麼隨和，一臉不悅地瞪著日織。

（這也難怪，畢竟我是要和他們競爭皇位的人。）

日織意識到山篠的視線，把臉轉向前方。

（我、不津、山篠叔父……）

這三人都有擁有皇位的繼承權。

他們的其中一人應該會被選為新的皇尊，他們就是為此才被請到龍稜的。

「三位都到齊了。」

在眾大臣之中年紀最長、地位最高的太政大臣淡海皇子說道。

淡海皇子是日織和不津的叔祖父，也就是他們祖父的弟弟。他有著白髮白鬚，連膚色都白到異常。淡海皇子彷彿隨著年齡增長漸漸被漂白，再加上他擔任太政大臣已經超過三十年，因此有一種特殊的氣質。

「聚集在此的三位都擁有皇位的繼承權。由於前皇尊膝下只有悠花皇女殿下，沒有男子可繼承皇位，所以我們將推舉三位之中的一人來繼任皇尊。」

就算日織擁有繼承權，若是皇尊生下兒子，這種機會就不可能到來。

在她心中藏了二十年的某種情緒正在沸騰。那是她一直抑制的渴望。空露總是說局勢若不幫忙就無可奈何了。

但局勢終於轉向了日織。

（機會終於來到我面前了。）

她感覺自己彷彿正要跨出深陷已久的泥沼。

「皇尊要如何選出呢？依照往例，若有多位具備繼承權的人選，可能會靠血統或旁人舉薦來決定，每次情況都不同。這次是依照什麼標準呢？」

日織望向大祇和大臣們，平靜地問道。原本神情肅穆的不津和山篠都訝異地看著日織。

這位青年很少出現在公開場合，就算偶爾參加宴會也只是靜靜地喝酒，沒多久就會離席，看起來乖巧安靜，既無霸氣也無體力。族裡的人多半是這樣看待日織的，所以如今日織第一個開口發言，在場的人想必都很驚訝。

其實日織自從知道自己有皇位繼承權、有機會當上皇尊之後，就一直在和空露仔細研究自己要達到哪些條件才能當上皇尊。

至今為止，她最充足的東西就是時間。

日織花了好幾年翻閱資料，正史《原紀》自然不用說，她還在祈社收藏的書卷裡找出和過去的即位典禮相關的所有記載。

大祇幫太政大臣回答：

「我們會出一道題目給三位，解開這個題目的人就能成為皇尊。」

大祇披著一頭和淡海形成對比的烏黑頭髮，年齡只有四十出頭，因為他是神職者，看起來比實際年齡更老成。他名叫真尾，是在不久前駕崩的前皇尊的朝代開始擔任大祇的。

「出題？」

日織意外地睜大眼睛。

（竟然要出題？我從沒聽說過這種事。）

她沒有聽人說過，也沒看過類似的記載。真尾穩重地點頭。

「是的。出題。就像過去靠血統或推舉來決定一樣，只是這次換個方式。」
「為什麼這次要出題？」
不津一臉不高興地問道，淡海的白皙臉孔面無表情地說：
「這是皇尊在駕崩之前交代的。」
「聽說神代時也有過。」
山篠聽到真尾補上的這句話就嗤之以鼻。
「那只是神話故事吧？太可笑了。真的要這樣做嗎？我明白大祇和太政大臣的立場必須以皇尊的意見為優先，但左右大臣同意了嗎？」
坐在淡海身邊的左大臣阿知穗足和大祇真尾年齡差不多，不過他鬍鬚濃密，看起來比真尾更老。他輕撫一下鬍子，微微露出不滿的神色說道：
「這是皇尊在臨終之時親口交代的。繼位方式本應由一族和大臣共同決定，但這次就沒辦法了。」
穗足說完以後，右大臣造多麻呂也跟著點頭。他是在幾年前繼承其父的職位而當上右大臣的，只有三十多歲，雖然年紀比較輕，但才幹極受認同。他用細長的眼睛瞪著山篠說：
「我也和穗足大人一樣。」
聽到這句話，大祇真尾深深低下頭說：

「這是皇尊的遺願。」

他如同在表達對已逝皇尊遺願的敬意。淡海、穗足、多麻呂也都叩頭表示尊重已逝皇尊的旨意，山篠貌似無趣地皺起臉孔。

（皇尊為什麼會指定用出題的方式決定下一任皇尊呢？）

皇尊從臥病到駕崩的半年間，從未離開過病榻，他感受到自己日漸虛弱時，一定很煩惱死後的事。諸如女兒的將來、龍之原的將來等，所以他才想出這個方法嗎？

「題目是什麼？」

日織堅定地問道。既然皇尊出題，那她就得解題。對日織來說，與其靠著到處疏通來爭取族人的支持，這種方式應該更簡單、更容易。

如果要私下疏通的話，繼位人選之中最有利的就是不津，因為他有左大臣這個岳父，而且他個性外向、交遊廣闊。

真尾站起來，走到後方的寶案前，揭開絹布。

「就是這個。」

寶案上放著一個像是書卷匣的透明箱子，蓋子是打開的。

裡面空無一物。

「那是水晶箱嗎？看起來只是個普通的箱子。」

日織瞇起眼睛。那是個如冰塊般透明、只有邊緣雕了一些簡單花紋的樸素箱子。

「這是皇尊代代相傳的遷轉透黑箱，用來收藏龍鱗，據說那是地大神——地龍的鱗片。把龍鱗放進箱內，蓋上蓋子，箱子就會變成黑色。裡面若是沒有龍鱗，盒子就蓋不上。」

真尾拿起蓋子放到箱子上，兩者尺寸似乎不合，蓋子和箱子的邊緣有些卡頓，無法密合。

「如果皇尊有子嗣，由大兄皇子繼承時，會直接把闔上的黑色箱子移交給他。若是沒有大兄皇子，龍鱗就不會移交，繼任的皇尊只能自己找尋。不是繼承父親皇位的歷代皇尊在即位之後都得靠自己找出龍鱗。」

「找出？是什麼意思？寶物不是放在箱子裡嗎？」

山篠問道。

「沒有大兄皇子能繼承皇位的皇尊駕崩時，箱中的龍鱗就會消失。」

「消失？」

山篠更詫異了。真尾用神職者的沉著態度望向水晶箱，彷彿在看著裡面的某種東西。

「是的。在皇尊駕崩之後，箱子會在沒有任何人碰觸的情況下自動打開，箱子變得透明，裡面變成空的。消失的龍鱗會出現在龍稜的某處。必須把它找出來。已逝的皇尊和他的兄長前前任皇尊都沒有繼承龍鱗，都是在即位之後自己找出來的。」

真尾把視線轉向三位人選。

「皇尊是這樣想的：新皇尊即位後必須找到龍鱗，也就是說，找到龍鱗的人就有資格成為皇尊。既然如此，乾脆讓皇尊人選去找尋龍鱗，由找到的人繼位。」

「龍鱗到底長得什麼模樣？顏色、形狀、尺寸是如何？」

日織問道，真尾搖頭說：

「沒人知道，只有繼承皇位的皇尊才知道。」

「你是叫我們去找一個連長什麼樣子都不知道的東西？太離譜了。」

不津抱怨道。

「過去成為皇尊的人全都找到了，能找到龍鱗就代表適合成為皇尊。只要把正確的寶物放進箱中，箱子就蓋得上了。」

山篠和不津都露出不以為然的表情，日織也啞然無語。

（要在龍稜找出箱子裡的東西？）

隨著皇尊的駕崩，日織停滯了二十年的命運終於開始轉動了。

第二章　龍道與禍皇子

一

「他們怎麼說？」

日織一出大殿，在廊臺上等待的空露就走過來。日織走向貼著岩壁建造的懸空迴廊，一邊露出苦笑。

剛剛聽到的皇尊選拔方式完全超乎日織的想像，她甚至不知道應該高興還是失望。

「說是要我們尋寶。我要和山篠叔父及不津比賽，在龍稜中找到寶物的人就能成為皇尊。」

迴廊的底下是用岩石鑿成的半圓形石階，以等距的柱子支撐著木板屋頂，懸空的那一邊裝設了低矮的欄杆，另一邊緊貼著長著青苔的粗糙岩石。此處能居高臨下地望遍龍稜周圍被雨水淋溼的草地，細雨隨風飛來，不時有雨滴打在臉上。

「寶物？找到就能成為皇尊？我從來沒聽過這種事。」

「我也沒聽過，但皇尊留下遺言交代要用這種方式選出下一任皇尊。所謂的寶物是龍鱗，據說是地龍的鱗片，顏色形狀都沒人知道，只知道可以放進書卷匣大小的盒子裡，除此以外就沒有其他線索了。」

「這一點也很奇怪。為什麼皇尊會這樣要求呢？」

就連身為神職者、應該早就習慣神祇無常舉止的空露也皺起了眉頭。

依照慣例，選擇新皇尊的最大關鍵就是血統，所以只要皇尊有兒子，那位皇子就是等同儲君的大兄皇子。

若像這次一樣有好幾位血統相近的人，通常會由神職者和大臣們商議推舉，而皇尊人選自己的意願也很重要。

不過這都只是慣例，皇尊選拔最麻煩的地方就是沒有固定的方式。

凡是跟皇位有關的事，很容易就會被皇尊的一句話改變。

也曾有人提過反對意見，但是從結果來看，只要皇尊堅持己見，別人也無法改變。皇尊等於是地大神和人民的中間人，既然最接近神的皇尊留下遺言，最妥當的態度就是遵從。

「前皇尊病了很久，他在那段期間或許一直在思考吧，包括悠花的事在內。不管怎麼說，我都必須贏得這場尋寶比賽。」

「真麻煩。」

「總是比到處找族人和大臣私下疏通來得輕鬆吧。不津有左大臣這個岳父，真要靠遊說來決定的話，最有利的就是他了。若是靠尋寶，大家的條件就一樣了，如此看來，尋寶雖然麻煩，或許反而是好運。父皇駕崩的時候我就沒有這種好運了，你就想成運氣這一次終於來到我面前了吧。」

「這跟運氣無關，而是命運。」

「我只因晚生一年就失去了姊姊，難道不是運氣不好嗎？你敢說你對我太晚出生這件事沒有遺憾嗎？你以為我不知道你失去了我姊姊之後有多傷心嗎？」

看見矛頭轉到自己身上，空露陷入了沉默。日織突然驚覺，這沉默彷彿透露了他的沉痛，趕緊轉開視線，道歉說：

「對不起。」

她因一時氣憤，忍不住挖出空露的傷心事。空露面無表情地回答「不會」。

空露和宇預一直偷偷地愛慕著對方。七歲的日織看過好幾次他們兩人融洽地走在祈社的森林裡。空露和宇預在一起時總是面帶笑容。在樹葉篩落的陽光之下，帶著溫柔靦腆笑容的空露和平時截然不同，日織很喜歡他那種表情。

但是在七歲之後，日織再沒看過空露的笑容。

神職少年和遊子皇女，兩人因為身分和年紀的緣故，頂多只能用平淡的話語互訴情衷，連對方的手都沒碰過。宇預也向日織吐露過空露對她說的含蓄情話。

——如果可以一直跟妳在一起，那就太幸福了。

聽說空露曾經內斂地這麼告訴宇預。

宇預很開心告訴了日織這件事，還紅著臉說「這是祕密喔」。不過宇預也知道自己命中註定遲早要離開龍之原，所以她開心泛紅的臉龐又有點像是在哭泣。

（如果我早生一年，結果就會截然不同。）

日織的父皇駕崩、悠花的父皇即位，是在日織三歲的時候。

原本應該是由扮成皇子的日織繼承皇位，但日織當時只有三歲，而法令規定未滿四歲的皇子不能繼位。

皇尊即位之後要捨棄真實年齡，四年才算一歲。出生第四年是一歲大，之後每過四年就加一歲。

用這種方式計算年齡並不能減緩衰老，而是為了顯示皇尊已經成了神之眷屬。依照這種算法，真實年齡未滿四歲的人等於不到一歲大，若以虛歲計算，甚至可能變成尚未出生，因此出生未滿四年的皇子不會被列入繼位人選。

事實上，有很多孩子不到四歲就夭折了，讓這麼小的孩子擔任皇尊很不保險。這種實際的理由比尚未出生的說法更有說服力。

如果日織在父皇駕崩時已經過了四歲生日，就能坐上皇尊寶座，這麼一來姊姊宇預或許就不會死了。

空露說這是命運，但這樣說並不會讓日織的心裡比較舒服。她對自己出生稍晚的事充滿悔恨，覺得這一切彷彿都是自己的錯。

日織承受不住身旁的空露那充滿傷痛的沉默，便開口說道：

「空露，難得來到龍稜，要不要去山頂看看風景？」

「去那裡做什麼？會淋溼喔。」

「排解心情啊。」

「看著殯雨中的景色，怎麼排解得了心情？」

這抱怨的語氣證明了空露的煩悶，但若直接回宮，這尷尬的氣氛鐵定會持續下去。

「當然可以，你只要想像我即位後雨過天晴的景色就行了。」

迴廊走到盡頭後，是一片平坦的岩石，前方有另一條下坡的懸空迴廊，左手邊則是夾在岩縫之間、通往山頂的階梯式迴廊。日織在雨中走向上坡路。

迴廊以弧形繞著岩石，到山頂就中斷了。

天空降著如霧般的細雨。

「你不需要跟著淋溼，在這裡等我就好了。」

「我也一起去吧。如果您因風雨而滑倒就糟糕了。」

「我又不是小孩。」

「小孩發生這種事還算可愛，大人就只能說是愚蠢。您似乎很可能會這樣，所以我才擔心。」

「你心情不好嗎？」

「沒什麼好不好的，就只是很平靜。」

日織和貌似不悅的空露一起走到岩石上。溼濡的岩石黑沉沉的，烏皮鞋底吸收了地上積水，腳底又溼又冷。

龍稜的頂端全是堅硬的岩石，沒有一粒沙或一根草。

山頂如巨龍爪子的前端一樣彎曲，越往前走就越狹窄、越傾斜，爪尖的部分駭人地懸在空中，站在上面令人背脊發涼。

風夾帶著冷雨從腳下吹來，讓人彷彿飄浮在空中。

下方是圍繞著龍稜的草原，全被雨水淋得溼答答的，一看就令人憂鬱。

圍繞龍稜的草原外有一些稀疏的樹木，那邊才有翻過土、整過地的農田，稱為鄉或里的村落分散四處。

護領山環繞其外，彷彿是在守護內側的農田和村莊。

龍之原全境只有這裡能一眼望遍龍之原。

護領山的祈峰比龍稜更高，但是視野會被龍稜和樹木遮蔽，無論站在護領山的哪座山峰，都沒辦法一眼望遍龍之原。

山脈覆蓋著翠綠草木，村落裡遍布著枯葉色的屋頂，然而透過雨幕看到的所有風景都是灰撲撲的。

空露凝視著彷彿被漫長雨水洗掉色彩的這片風景，喃喃說道：

「如果皇尊不快點即位，農田就要被水沖壞了。請您一定要盡快找到龍鱗。」

遍布在農田村落周圍的灌溉及生活用水，都是發源自護領山的河川所供應的。龍之原的水源來自護領山，山腹湧出的泉水聚成小河，流入平地，形成池塘和湖泊，鄉里幾乎全都聚集在水邊。

因為降雨太久，從遠處也能看出池塘和湖泊的水位很滿。再看得更遠些，還能見到幾條從護領山流出的河川，河面也比平時更寬。

如果皇尊駕崩八十一天還沒有新皇尊即位，龍之原就會開始淹水。若是雨一直下個不停，可能會造成洪災和山崩。不過，在八十一天之內河川湖泊和山坡不知為何都能勉強維持住，一過八十一天就會一口氣全部崩毀。

皇尊駕崩至今已經過了十三天。時間上還很充裕，但用出題的方式來選出皇尊是特例，日織真不知該從何處著手。

「是啊。得快點才行。」

日織在回答時，發現視野一角有東西在動。回頭望去，不津正站在迴廊的盡頭。他發現日織看到他了，熱情地舉起手。

空露一臉詫異地望向日織，默默地提醒她「小心點」。

（如果在這裡被推下山就完了。）

不津是跟日織競爭皇位的對手。他們既不知道不津有多想要皇尊寶座，也不了解他的個性，還是小心為上。

走回比較安全的地方後，空露禮貌地退開幾步。

「不津，怎麼了？」

「我看到你爬上來，就跟過來看看。」

不津露出開朗的笑容回答，用手遮著雨，向前走幾步，往下方望去。「哎呀，真可怕。」說完又走了回去，面帶笑容地問道：

「你跑來這種地方做什麼啊，日織？」

「排解心情。」

「觀賞如此鬱悶的景色能排解心情嗎？」

「每人排解心情的方法不同。我才想問你為什麼要跟過來。」

「我想找你談一談。」

細雨沾在頭髮上，凝成水滴，流到日織的額頭。不津似乎注意到這點，說道

「我們回去那邊談吧」，轉身走進迴廊。

到了屋簷下，空露拿來一條乾手巾給日織，又退開了幾步。

「真是個瘋狂的傢伙。我們很少見面，我都不知道原來你是這麼奇怪的人。」

不津盤著雙臂靠在迴廊的柱子上，一臉無奈地看著日織擦拭頭臉。

「觀賞雨景來排解心情不也挺風雅的嗎？」

日織隨口回答，不津一聽就愉快地笑了。

「你挺會說話的嘛。我也不知道你的口才這麼伶俐。而且，不知為何……」

他瞇起眼睛，像是怕人聽見似地小聲說道：

「你有一種在男人之中很罕見的魅力呢。是因為淋溼了嗎？」

日織瞪著他看。

「你娶了三個妻子還不滿足嗎？說話正經點。」

「我對男人又不感興趣。再說我娶妻都是因為有幫助才娶的，我對女人也沒有那麼大的興趣。我只是覺得你有魅力就直說了，惹你不高興的話真是抱歉。」

不津露出苦笑，隨即換了一副表情。

「你和族裡的人不常往來，也很少出現在龍稜，不只是我不瞭解你，幾乎所有人都一樣。」

「你是專程跑來批評我不擅交際的嗎？你想說身為皇尊人選應該更積極地跟人往

來？」

「我不是要批評你。我們同為皇尊人選，我很想問你是不是真的想坐上皇位。畢竟我們是競爭皇位的對手。」

「不只我，還有令尊，山篠叔父。」

「家父是不成的。他太傲慢無禮，在族人之中不受歡迎，也沒有足以找出龍鱗的智慧和毅力，而且年紀也大了。他應該要以年邁不適任為由、退出皇尊人選才對。」

不津輕聲嗤笑。

「他的兩個兄長都當了皇尊，他羨慕得不得了，一有機會就撲上去死抓著不放。但他的年紀分明太老了，臣下們一定都很納悶他為什麼不退出吧。就是因為這樣，我沒把父親當成對手，能當我對手的只有你。」

他的眼中充滿輕視和嘲笑。因為是親生父子才說得出這種話嗎？他那不留情面的刻薄發言令日織既驚訝又感慨。

「你把自己的父親說得太難聽了。」

「我才不會因為他是我父君就對他歌功頌德。我認為你比我父君更有希望，但你的言行舉止雖然不差，卻很奇怪。我不明白，不喜歡交際的人怎麼會想當上皇尊？我在想，你是不是因為身為前前任皇尊之子，才勉強前來的。」

日織忍不住笑了。不津完全猜錯了，但她的日常行為確實容易引人誤解。她也知道大家都在背後議論日織皇子沒有意願承擔皇尊一族的責任。

「如果真是這樣，那你大可退出選拔，沒必要勉強自己。」

他特地跟過來，大概就是為了說這句話吧。

這是溫和的勸說，甚至可以看成親切的提議，不過說穿了就是希望競爭對手不戰而退。不津說對女人沒興趣，卻娶了左大臣的兩個女兒，由此可見他是個心機深沉的人。

「不是的，我是真心想當皇尊。」

「為了什麼？」

「沒有特別的理由，只是想當而已。既然你問我理由，那你自己應該有很充足的理由才對。你又是為什麼想當皇尊呢？」

「建立都城。」

這個意想不到的答案令正在擦拭脖子的日織停止動作。

「都城？」

「是的，都城。你知道什麼是都城嗎？」

「不知道。」

這個詞彙令日織感到陌生。

「你看看這裡的景色。」

不津抬了抬下巴，指向低垂於雲層之下的草原和遍布著茅草屋頂的村落，那是有著零散聚落的田園風光，外面環繞著一圈山脈。這寧靜又昏暗的景色如同一幅水墨畫。站在這麼高的地方，好像也能聞到溼潤土壤和青草的味道。

「你去過八洲的任何一個國家嗎，日織？」

日織搖頭。不津望向遠方，心思彷彿飄到了護領山之外。

「我去過一次附孝洲。」

龍之原被五個國家——五洲——包圍在其中，從北到東分別是逆封洲、附義洲、附敬洲，南邊是附孝洲，西邊是附道洲，和北邊的逆封洲是相連的。

逆封洲的南端和龍之原的北端相鄰。

而逆封洲的北邊和葦封洲、叛封洲接壤，這兩洲的北方則是央大地最偏北的國家，反封洲。

葦封洲、叛封洲和反封洲這三國和龍之原是不相鄰的。

依照位置不同，有的國家寒冷，有的國家溫暖，而附孝洲是最溫暖的三個國家之一。

「我在那裡看到了都城，城裡到處都是人，人們彼此買賣交換物品，充滿了活力，就像一百個里聚在一起那麼熱鬧。國主住在都城，國家也是以人民集中的都城為中心發展。龍之原沒有那種結構，所以八洲的人才會說我們像是古國。」

龍之原沒有比里和鄉更大的村落，也沒有貨幣。古國形成的因素之一，就是能把里和鄉結合成一個共同體。而龍之原的人民都自認是皇尊的信徒、龍的信徒。

信徒多半從事農耕，目的是為了供養皇尊及其一族，而不是為了追求富貴。生活所需的布料工具在村落之中製造並消費，有多餘的農產品和貨物就拿去和需要的里或鄉以物易物。

「龍之原連一把劍都製造不出來，這太丟臉了。你不認為龍之原應該要追上八洲的腳步嗎？」

不津自嘲似地說道，日織冷冷地回答：

「龍之原不需要劍。八洲和龍之原的國情不一樣。」

龍之原無法開採鐵礦。

僅有的少許鐵礦會拿到八洲的某一國鑄造耕田用的鐵鍬和鋤頭，或是製成日常生活使用的小刀。皇尊和皇子皇女們會在生日時收到防身短刀做為賀禮，但也只有這些場合能看到鐵器。

由於龍不喜歡太多的金屬和火，在龍之原要盡量避免使用鐵器。

事實上，龍之原甚至沒有士兵。

雖然龍稜和祈社都有衛士在保護，但那些只是服役的信徒，他們的手上只有木盾、以石為箭簇的箭矢、石槍，還有投石器和馬匹。

龍之原沒有貨幣交易，也沒有多少鐵器，更沒有士兵，因此比八洲更具古風，可說是神之國的特徵。

「你想想看，八洲和龍之原的國土大小不同。八洲所有國家的土地都差不多大，龍之原不管跟八洲的哪一國相比，頂多只有十分之一。」

央大地除了龍之原以外的八個國家領土形狀不同，但面積都差不多。只有龍之原的國土特別小，大概只有其他國家的十分之一，國情截然不同。硬要拿龍之原跟八洲相比，也太莫名其妙了。

「你覺得這樣真的行嗎？龍之原能平安無事是因為八洲的國主相信皇尊的神性，但是沒人保證將來不會有哪國國主不在乎這件事，到時龍之原和皇尊都會有危險。」

「如果龍之原遭到攻擊，央大地就會沉入海底。若八洲想要看到這種結果，那就讓全世界一起毀滅吧。」

世界毀滅既不奇怪也不荒唐。自從年幼對神感到憤怒以來，日織一直都是這樣想的。

沒有任何過錯、溫柔體貼的宇預只是因為「不具備能力」就被殺死，既然這個世界認同如此荒唐的事，那就代表世界充滿了荒唐。

這種充滿荒唐的世界就算毀滅了也不可惜。

反正大家都接受了那麼多荒唐的事，誰又能說世界毀滅很荒唐呢？應該順從地接受毀滅才是。日織以嘲弄的心態默默地想著。

（可是，如果……）

如果自己能糾正其中一件荒唐的事，或許這個世界還有希望。

「再說，皇尊最重要的工作並不是政務，而是鎮守地龍，大部分的工作都是儀式。」

皇尊的工作多半是不公開的，那些都是鎮守地大神、地龍的祕密儀式，有些甚至是令人畏懼的儀式。主要的角色多半由皇尊擔任，為了鎮守地龍而安撫飛翔的龍，或是向龍祈求協助。

「那樣根本不能稱為國家的統治者，這也是龍之原被稱為古國的原因。皇尊應該要改變自己的認知才對。」

「是啊，應該要改變認知，努力打造都城、處理政事，如此一來就算疏忽了鎮守龍的工作導致央大地下沉，人民也會很滿意吧。這樣倒也不錯。」

日織冷漠的反應讓不津扭曲了面孔。

「你明明是皇尊人選，對龍之原卻好像不屑一顧呢。還是該說漠不關心呢？真有意思。」

「有意思？」

「不和族人來往的人大多都有某種理由，有什麼心虛的事。以我知道的例子來說，可能是藏了個遊子公主之類的。」
日織聽得心底一涼，但還是努力不動聲色。
在遠處豎耳傾聽的空露緊盯著不津的背後。
氣氛非常緊張，但只有短短的一瞬間，因為不津接下來說的話改變了這個局面。
不津像是下定決心，一臉嚴肅地問道：
「日織，你該不會是禍皇子吧？」

二

禍皇子。
這個詞彙比建立都城更出人意料，日織和空露都睜大了眼睛。幾秒之後，兩人不約而同地爆出笑聲。
「你說我是禍皇子？」
受到兩人的嘲笑，不津的緊張感頓時全消。
「不是嗎？」
「當然不是。你怎麼會想到這種事？」

看到空露忍俊不禁的表情和日織的苦笑，不津顯得有些尷尬。

「因為你好像一直刻意避免和人往來啊。」

「我確實不喜歡交際，為什麼這樣就代表我是禍皇子？」

「因為生出了遊子的人家都會想盡辦法不讓女兒被別人看到，而你的情況只能解釋成禍皇子。如果不是就太好了。」

「如果我是禍皇子，你打算怎麼做？你要報告大祇真尾和太政大臣淡海叔祖父，讓我掉腦袋嗎？」

「我只是想勸你退出皇尊選拔。」

「只是要勸我退出？你想讓禍皇子繼續活下去嗎？大家不是都說禍皇子一出生就得死嗎？」

禍皇子。

那是皇尊一族最忌諱的事，龍之原的人民聽到皇尊一族生出禍皇子也會大驚失色。禍皇子就是如此令人畏懼的存在。

但聲稱要建立都城、想法奇特的不津卻滿不在乎地回答：

「我的態度比較寬容，我覺得只要把禍皇子關進祈社就行了。遊子也一樣，把她們留在龍之原也無所謂。不過禍皇子和遊子不能被視為一般的族人，不管怎麼說，那些都是異類，和我們不一樣。」

不津的聲音變得有些低沉，臉上浮現嘲諷的表情。

「在你父皇發布驅逐令之前，遊子還是有些好用途的，我父親可是很享受呢。真是讓人看不下去。」

他那句「用途」讓日織忍不住皺起眉頭。她不知道從前是怎麼處置遊子的，不過想也知道不是什麼好事。不津這番話讓身為遊子的日織聽得很刺耳。

「這樣算寬容嗎？明明沒把他們當成一般族人。」

「總是好過放逐或處死吧。」

「也就是說，你可以容許他們活著，只是要區分為異類？」

「這世上最重要的就是秩序，光靠感情用事不可能建立秩序井然的國家。劃分區別是必要的，不劃分區別才會釀成悲劇。」

日織把手巾還給空露，轉身背對著不津。

「如果你當上皇尊，就可以照你喜歡的方式去做，你大可儘管打造都城、劃分區別來建立秩序、『寬容地』把禍皇子和遊子視為異類。若是我當上皇尊，我也會照我喜歡的方式去做。」

「你想要皇尊的寶座嗎？」

不津在背後問道，日織頭也不回地說：

「那當然。」

日織向前邁步，同時忍不住露出苦笑。

（禍皇子嗎……我或許真的很像吧，同樣是一出生就註定要欺騙世人的人。）

空露靠了過來，語氣愕然地說：

「沒想到不津大人竟然會這樣懷疑。」

「禍皇子也是異類，從這點來看，他並沒有猜錯。這人比我想像得更敏銳。如果他娶左大臣的兩個女兒是為了將來做打算，那這個人絕對需要提防。他的想法也有些異於常人。」

空露緩慢地道：

「聽說他的出身很不尋常，所以想法才會與眾不同。」

「怎麼個不尋常法？」

「他的母親是遊子。山篠殿下發現了一個被家人藏起來的遊子，跟她有了私生子。因為山篠殿下的妻子沒有生下子嗣，就把那孩子收為嫡子。」

日織驚訝地忍不住回頭望去。不津盤著雙臂，帶著輕鬆的笑容望向她，像是看著一個不受教的弟弟。

「不津的母親怎麼了？既然是遊子的話……」

「聽說她在不津大人十幾歲的時候被下令送到葦封洲，恐怕……」

「不津應該也猜得到母親是被殺死了吧。」

所以他才會說「總是好過放逐或處死」嗎？不過他自己的母親也是遊子，他卻說得出「和我們不一樣」那種話，他到底是怎麼想的？難道他覺得自己和身為遊子的母親不一樣嗎？

（為什麼要這樣劃分呢？他對自己的母親、對自己的出身感到丟臉嗎？）

日織和那種以異類為恥的人鐵定是談不攏的。她絕不會讓那種人坐上皇尊的寶座。

日織抿緊嘴巴。

「我要怎麼搶在不津之前找出龍鱗呢？我也不能只提防不津，還得提防山篠叔父。再說他們兩人常來龍稜，比我更熟悉這個地方，尋寶對他們一定比較有利。我該怎麼辦？難道要靠你的占卜嗎？」

空露對這句玩笑話嗤之以鼻。

「與其靠我的占卜，還不如靠您自己的腦袋。」

□□□

老婦抬頭看著站起身的他，表情非常嚴峻。

「我不同意。」

「我也不期望妳會同意。」

見他若無其事地回答，老婦的眉頭皺得更緊了。他假裝沒看見，就要伸手開門，老婦厲聲說道：

「您不想活了嗎？」

「怎麼會呢？」

「您是不能存在的皇子，如果被人發現，就只有死路一條。」

「這種話我已經聽膩了。」

「就算是這樣……」

「難道我這樣也算活著嗎？跟死差不了多少……不，比死還不如。再這樣下去，我就只能一輩子帶著恥辱過活。」

他快要受不了自己的人生了。從懂事以來只能被迫這樣過活，就像一直被關在不合尺寸的狹窄箱子裡，有時他真的很想毀掉這種人生。

皇尊駕崩之後，這箱子變得更狹窄，他再也忍不下去了。一直陪伴他身邊的老婦應該理解才是，但她最重要的任務是保護他。

「那您打算怎麼做？」

果不其然，老婦的聲音如鋼鐵一般堅硬，像是在表示絕不屈服。既然她不肯讓步，他就只能跟她硬爭。

「至少讓我出去走走吧。」

他轉頭露出燦爛的笑容，走了出去。

□□□

「日織殿下也真是的，全身都溼透了。不快點擦乾的話會感冒的。」

日織回到宮中，正要走上正殿的階梯，一直在等待的月白立刻從廊臺跑過來，

月白看見日織的頭髮和肩上都溼答答的，趕緊吩咐隨她跑來的大路去拿乾布，又拉著日織的手走向自己居住的殿舍。

大紅色的纈裙隨之飛起。

這座建於石坳的宮殿名叫榆宮，其中包含四座殿舍。

靠南邊的是正殿，後方兩座並列的殿舍分別是西殿和東殿，東西兩殿的後方還有一座較小的殿舍，稱為北殿。四座殿舍之間以迴廊相連。

月白住的是西殿，日織住的是東殿。

悠花住的是最後面的北殿。由於悠花是前皇尊之女，因此分給她最北邊的殿舍以示尊敬。

龍稜有超過二十座規模相似的宮殿，每一座都以櫻、松、桐、楠之類的樹木為

名，坐落在不同的石坳中，大多都是空置的。龍稜除了大殿和皇尊居住的大櫻宮之外，多半沒有人住。住的人很少，也因此不常看到舍人和采女的身影。

日織分配到的榆宮四周也很安靜，幾乎能聽見細雨打在砂礫上的聲音。

「得快點換衣服才行。您最近老是淋得一身溼。」

「沒有那麼溼啦，我回東殿再換就好了。」

「那裡連爐火都沒燒，一點都不暖。西殿比較溫暖。」

日織被她拉著走，心想「這下不妙了」，回頭看了跟在後面的空露一眼。她可不能在月白面前換衣服。空露一時之間也想不到好方法，只能露出頭疼的表情。

「為什麼會淋得這麼溼呢？您不是只去了大殿嗎？您這麼晚才回來，讓我好擔心喔。」

「我去龍稜的山頂散心，在那裡遇到了不津。」

「不津王大人？」

月白停下腳步，訝異地望著日織。

「他也在？為什麼？」

「不津也是皇尊的人選。皇尊人選有三個，包括我、不津，還有山篠叔父。」

「這樣啊……不津大人和山篠殿下……那您和不津大人說了什麼？」

「沒什麼大不了的。不津不知為何有些誤會，他懷疑我是禍皇子。」

「禍皇子？那是什麼？」

「妳不知道嗎？」

日織非常驚訝。皇尊一族的人從小都聽乳母說過禍皇子的故事，就像聽搖籃曲一樣。不過月白沒聽過反而是好事，日織拉住月白的手說：

「那我來告訴妳。來吧，有個地方更適合說這個故事。」

「可是您都溼透了。」

「不會花太多時間的，而且出宮之後或許又會淋溼，我還是先別換衣服。趁著這段時間還可以叫空露先去東殿的主屋把爐火燒起來。空露，有勞了。」

日織不由分說地拉著月白往回走，空露回答「遵命」，又禮貌地加了一句「路上請小心」。

「好了，走吧。」

跟先前不同，如今是日織拉著月白的手。

「我們要去哪裡呢，日織殿下？」

「去龍道。」

「龍道？」

「就是禍皇子過世的地方。」

「好可怕，我不想去死過人的地方。」

「不會可怕的，因為那裡是聖域。」

龍稜之中有個地方稱為龍道，那是龍陵之中最神聖的所在。

正是因為龍道在此，龍稜才會成為皇尊的住所。

月白一臉畏懼地攀著日織的手臂。「會弄溼喔。」日織這樣提醒她，但她還是堅持地說「沒關係」。她這種像孩子一樣膽小的個性也很可愛。日織以男人的身分護著妻子月白時，會突然搞不清楚自己是男是女。她有時甚至以為自己真的是男人。

日織心想，如果自己是男人就好了，這樣月白和悠花一定能過得更幸福。

「妳跟悠花打過招呼了嗎？」

日織想起月白對她娶了新妻子的事很難過，邊走邊問道。沒想到月白卻露出開心的表情。

「我一到榆宮就被大路催著去見她了。其實我本來不想去，我想自己一定會很嫉妒的。」

月白帶著戲謔的表情縮起脖子，像是在揶揄自己的小心眼。

「不過還好我有去。我事先不知道悠花殿下身體的問題，她沒有責備我的大驚小怪，還對我笑了，非常溫柔。她還寫了一句『希望我們能相處融洽』給我看喔。」

「妳不嫉妒她嗎？」

「老實說，她那麼美麗，我根本沒辦法嫉妒。不過她雖然美，但我覺得自己還比較像女人呢。悠花殿下太美了，美到像是另一種生物。」

「妳們合得來就好。是說妳形容得還真貼切。」

悠花確實很美，但她美得太過脫俗，相較之下月白或許更有女性魅力。

悠花總是一副淡泊的態度，很少表現出情緒波動，而月白比較孩子氣，要麼突然哭泣，要麼興高采烈，情緒變化極大。這樣還挺可愛的，還好她沒有沮喪落寞的時候。

（晚點我也得去看看悠花。）

悠花沒辦法像月白一樣四處走動，一定要記得常常去看她才行。回到曾經和父皇一起生活的龍稜，她的心情一定很複雜。

兩人走出宮門，沿著迴廊走向大殿。

「日織殿下，禍皇子是什麼啊？這是哪位皇子的名字嗎？」

「在皇尊一族裡，一生下來就能聽見龍語的男子就稱為禍皇子。不一定有皇子的身分，只是因為第一個能聽見龍語的男人是個皇子，大家都習慣把聽得見龍語的男人稱為『禍皇子』。」

月白的眼睛睜得渾圓。

「明明是男人卻聽得見龍語？有這種事？」

「有啊，但是據說百年只會出現一人。妳真的不知道這些事呢。一般的乳母都會把禍皇子的事當成童話故事來說。我回去得教訓一下大路才行，她太不盡責了。」

大殿的門開著，但到處都靜悄悄的。先前皇尊人選聚集在此的時候有好幾位采女，如今幾乎全跑光了，只有一位采女站在大殿的階梯前。她朝著日織和月白輕輕屈膝行禮。

附近沒有任何動靜，只有霧雨隨著強風落在廊臺上。

「妳怎麼還待在這裡？」

日織看到只有一位采女，不解地問道，她低著頭簡短地回答：

「因為真尾大人還在殿內。」

「真尾？」

日織走上階梯，從大殿的門外往裡看，底端的寶案兩旁擺著三腳燈臺，上方油燈碟裡的火苗在風中搖曳。

在燈火照亮的寶案前，大祇真尾閉著眼睛盤腿而坐。他察覺到日織來了，睜開眼睛。

「是日織皇子殿下啊，怎麼？找到龍鱗了嗎？是的話就請放進遷轉透黑箱吧。」

真尾明知日織不可能這麼快就找到龍鱗，卻故意這樣說。神職者的特色就是說話很惹人厭。

「怎麼可能嘛。你在這裡做什麼，真尾？」

「我在看守遷轉透黑箱。這是屬於皇尊的物品，因為現在沒有皇尊，必須由大祇和太政大臣日夜輪流看守。尤其現在又得靠這物品來選出皇尊。」

「原來如此，那真是辛苦了。你是怕我們會作弊嗎？」

神職領袖大祇和官員領袖太政大臣，大概覺得三位皇尊人選不見得會規規矩矩地尋寶吧。

如果皇尊人選之中有人覺得尋寶太無聊，只要把遷轉透黑箱偷走，丟進大殿後方的瀑布潭就行了，箱子掉進深不見底的潭中就永遠找不回來了。如此就無法用尋寶的方式決定皇尊，很有可能還是要依照慣例用協商來決定。

選拔皇尊的同時還要提防這些人選作弊。如果皇尊是從這種需要提防的卑劣人們之中選出的，所謂適合成為皇尊的資質根本就不存在。這樣說來，就算自己當上皇尊也沒關係吧。日織的嘴角浮現諷刺的笑意。

真尾也笑了，像是在回應日織。

「那我現在是不是撞見您來作弊呢，日織殿下？」

「我是帶妻子來參觀龍道的。我們要過去了。」

日織摟著一臉疑惑的月白的背，走進大殿，鑽進掛在寶案後方的五色布。真尾稍微低下頭，再次閉起眼睛。

布簾後方很暗。用五色布遮住的是一個隔間，隔間的門正對著大殿的門。

日織開門走進去，裡面連一盞油燈都沒有，漆黑一片，但是地板上有一個方形的洞穴，洞裡發出微弱的光芒。

有一道樓梯從地板上的方形洞穴往地底延伸。

「這下方就是龍道。」

「下方？」

月白驚訝地望向自己的腳下。

三

「是的，下方。正是因為下方有龍道，大殿才會蓋在這裡。我們下去吧。」

在日織的催促下，月白先用腳尖探探樓梯才踏上去。

樓梯在中途變成了石階，接著他們進入了隧道。

抬頭一看，天花板高到融在黑暗中，不過隧道的岩壁上有等距的小孔，裡面擺著油燈，因此腳下很明亮。

才走了幾步，月白就摸著脖子說：

「日織殿下，我的喉嚨好乾喔。」

「因為這裡充滿了和外面不同的東西。」

一進隧道就會感到很溫暖，而且很乾燥。

就像走在燒著木炭的火爐中，一吸氣就覺得喉嚨發乾。再加上習慣了長久降雨的溼氣，更覺得乾燥。

走了一陣子，隧道變成更寬敞的空間。空間繼續往裡面延伸，路卻被擋住了。眼前有一道巨大厚重的黑門。

「好大的門。這麼大的門怎麼推得動啊？」

月白又高又細的聲音因岩壁的迴盪變得格外響亮，就像黑暗對人聲發出了共鳴。

月白驚愕仰望的門扉據說是用白杉木製成的，原本潔白的表面不知怎的變得像木炭一樣黑，處處隱約可見木紋，高度約為日織身高的三倍，寬度約為成人的五、六步，巨大的門閂用雙手還抱不住，門鎖卻只有兩隻手掌的大小。

漆黑單調的門扉太過巨大，人走到門前自然就會抬頭仰望，那黑門彷彿是擁有意志的巨大生物，正在低頭俯瞰，好像隨時都會撲過來。

矗立在黑暗中的巨大看守者。這道黑門劃出了神與人的界線。

「這道門叫地睡戶。最離奇的是，在必要的時候光靠一個人就打得開。」

門前有一張黑漆寶案，桌面放著生了綠鏽的銅鑰匙。

由於空間變寬，讓人覺得光線似乎變暗了。門的兩旁各放著一座三腳燈座，只憑這點光芒根本無法照亮整個空間。

四周盤踞著濃冽的黑暗。

日織和月白並肩站在寶案前，低頭看著生鏽的鑰匙。

門縫之間吹出了一絲強勁的熱風。兩人感受到炙熱，驚訝地抬頭看著門。

漆黑的門一動也不動，但那若有似無的門縫中卻規律地吹出熱風，像是有個體溫灼熱的巨大生物正在呼吸。

「好熱啊。為什麼會有熱風？門後有什麼呢？」

強勁的熱風迎面吹來，月白抬手阻擋，轉開了臉。

「沒人知道為什麼有熱風，也不知道門後有什麼東西。」

「為什麼？」

「因為這扇門的後面是龍道，只有被選為皇尊的人可以進入。有人說那是地大神的體內，也有人說是地大神睡在裡面，還有人說那是守護地大神睡眠的某種生物，但是沒人知道哪一種說法才對。被選為新皇尊的人要進入龍道、得到地大神的許可，才會被承認是皇尊。那種儀式稱為『入道』，儀式結束後，在皇位空懸期間下個不停的殯雨就會停止。這是皇尊即位最重要的儀式。可是進過龍道的歷代皇尊都沒說過裡面有什麼東西。」

月白眼睛發亮地看著日織。

「日織殿下若是選上皇尊也會進入龍道嗎？」

「我若是選上，當然要進去。」

如呼吸般的一陣陣熱風令日織有些擔心。

（如果我找到龍鱗，被選為皇尊，就會進入龍道。要成為皇尊就必須經過這個儀式。可是我進了龍道還能平安無事嗎？）

她不禁想起禍皇子的故事。

沒人聽神說過女人不能成為皇尊。

但神本來就不會事事向人說明，往往要等到神為了沒有交代過的事情發怒，人才會明白神的意思。神就是這樣惜字如金又不講理。只有族內的嫡系男子能擔任皇尊並不是神的旨意，而是人們害怕改變慣例使得地龍醒來。不過，如果人訂的規矩確實符合神的旨意，破壞規矩的日織是犯下怎樣的罪呢？

日織企圖矇騙世人，或許也是在矇騙地大神，這當然是重罪。其實她身為女人卻娶了月白和悠花為妻，就已經是無可推諉的罪過了。

地大神能接受她的行為嗎？

（如果不能接受，那我就認命地受罰吧。）

企圖與神為敵的憤怒、可能會被燒死的恐懼，以及有機會實現心願的期盼，各種情緒在日織的心中攪成一團。月白敏銳地發覺日織的神情不太自然，擔心地問道：

「怎麼了呢，日織殿下？」

「沒什麼。剛才那個禍皇子的故事，是說能聽見龍語的皇子為了成為皇尊而進入龍道，結果他沒有得到地大神的認可，不只沒當上皇尊，還被火燒死了。」

「被燒死了？為什麼？」

「沒人知道龍道裡發生了什麼事，只聽說皇子進了龍道之後全身著火地衝出來，之後就死了。在他之前和後來都沒有皇尊發生過這種事，所以後來能聽見龍語的男子都被稱為禍皇子。人們說禍皇子不能成為皇尊，一旦進了龍道就無法活著走出來。」

「你的故事是不是省略太多啦，日織皇子？」

占據大半空間的黑暗中出現陌生男人的聲音，打斷了日織的敘述。

日織立刻擺出備戰姿勢，月白緊緊抓著她。

「是誰？」

日織問道，充斥四周的黑暗之中走出一位穿著黑衣黑褲的男人。只有擔任神職的護領眾會穿得一身黑，他也沒有綁髮髻，不過護領眾的頭髮長度通常只到肩上，這男人的頭髮卻長達背部，寬鬆地在頸後紮起。

「問我？嗯，會是誰呢。」

那人面帶微笑，開玩笑似地回答。他是個異常俊美的男人，在黑暗之中被搖曳的火光一照，更是美得近乎不祥。

「你是護領眾？是真尾的屬下嗎？」

「差不多。我本來只想默默地看著，但是聽到禍皇子的故事被講得這麼敷衍，才忍不住插嘴。」

他的語氣很像神職者。多半是真尾帶來龍稜處理雜務的人吧。日織放下了戒備。

「我說的故事哪裡敷衍了？」

「你說那個聽得見龍語的男人是因為在龍道裡被燒死，所以才被稱為禍皇子。」

「難道不是嗎？」

「不是。他之所以被稱為禍皇子，以及世人至今連他的名字都不敢提，忌諱到只敢用禍皇子來講他的故事，不只是因為他的死法。」

日織皺眉看著那個男人。

（我當然知道。）

她只是不想讓膽小的月白更害怕，才沒有說下去。

被稱為禍皇子的那位皇子本來有其他的名字。他連名字都被視為禁忌，大家只敢用禍皇子來稱呼他，這也顯示出他是多麼令人忌憚的人物。

「大家為什麼那麼怕禍皇子？」

月白雖然膽小，卻對這件事很好奇。她攀著日織的手臂問道。

「依照龍之原的正史《原紀》所記載，那件事發生在八代之前的皇尊的時代，大約是三百年前吧。他是皇尊的兒子，卻聽得見只有女人能聽見的龍語，因此萌生野心，親手殺死了自己的哥哥大兄皇子和父親。」

男人平淡的敘述讓月白睜大了眼睛。

「殺死皇尊？他竟然做出這種事？」

「是的，禍皇子殺死了央大地每個人都知道不能傷害的人，這是八虐之中最嚴重的謀反罪。而且他還想當皇尊，卻在龍道裡被燒死，導致皇位空懸。大兄皇子已經死了，而且皇尊駕崩得太突然，新皇尊的選拔困難重重，以致皇位空懸了一年，龍之原有一半都被水和土砂淹沒。皇尊一族和人民很怕將來又出現聽得見龍語的男子，為了防止再度發生大災難，之後聽得見龍語的男孩一出生就會被埋葬在黑暗中。這就是所謂的禍皇子。」

埋葬一詞聽得月白表情僵硬。

從神代至今，皇位空懸最長的時間是一年。那大約是三百年前的事。

因為有皇尊在鎮守地龍，央大地才能維持安穩，一原八洲的所有人民都知道這個建國神話。不過神話究竟是編造出來的故事，還是包含了幾分真實性，就沒有人知道了。

三百年前發生過皇位空懸一年一事，至少龍之原和鄰近五洲的人民都知道神話之中確實隱含著真實的警告。若龍之原的皇尊一族血脈斷絕，央大地就會發生比三百年前的大災難更嚴重的災害，整個央大地都會沉入海底。

不只是龍之原的人民，央大地的人民都仰賴著皇尊的庇護，因此人民最忌諱的罪行就是殺害皇尊。

龍之原明訂了八宗重罪，分別是：謀反、謀叛、惡逆、不道、不義、大不敬、謀大逆、不孝。這些罪行稱為八虐，是從神代就制定的，而八虐之中最嚴重的就是謀反，指的是殺害皇尊。

犯了謀反罪可能會導致央大地毀滅，因此被視為滔天大罪。

若是有人具備了和犯下謀反罪之人相同的特質，人們會怎麼看待他呢？

「妳沒聽過嗎？皇尊一族和人民都是這樣想的。為了防止再度發生大災難，不能再讓和禍皇子一樣聽得見龍語的男孩活下來，他們一出生就得死。」

月白更用力地抓著日織的手臂。

「一生下來就有罪？」

月白不安地問道，男人點頭回答：

「是啊。」

那男人不以為意的態度讓日織覺得很反感。禍皇子確實做了殘酷的行為，日織可以接受這樣的史實，但她絕不認同這種行為。

他怎能講得一副理所當然的樣子？

「沒理由一出生就有罪。禍皇子會在龍道被燒死並不是因為聽得見龍語，是因為他的野心太大。並非所有聽得見龍語的男子都有野心。或許禍皇子不是因為聽得見龍語才被燒死，而是他殺害皇尊的謀反罪。在我看來，就算是聽得見龍語的男子，若是行為端正，還是有可能在龍道得到地大神的認可、當上皇尊。大家光憑聽得見龍語的特質給人定罪，只是因為太害怕了。」

「不無道理……不，應該說很中肯。你說得一點都沒錯。」

那男人爽快贊同的聲音格外響亮。接著他瞥來輕蔑的一眼，魅惑得令人發寒。

「可是有誰願意承擔那麼大的風險？龍之原絕對不能沒有皇尊，有可能引發大災難的危險人物都得盡早解決掉。你能譴責這樣想的人嗎？」

「不是譴責，我只是在講道理。」

「如果真的發生災難，你負得起責任嗎？」

「我不會負責的。如果有人接受了我講的道理，那人就該自己負責。若是真的發生災難，他們只能怪自己判斷錯誤，而我也只會懊悔罷了。」

「只會懊悔？太不負責了吧？」

「我不認為自己應該為此負責，我也負不起這麼大的責任。我只是相信自己想要相信的事。如果擔心自己相信的事是錯的，那麼能相信的就只有既有事物了。不對，即使是既有事物，一旦情況改變還是有可能做錯。這樣一來就什麼都不能信，什麼都不能做，只能窩著不動了。」

男人盤起雙臂，微笑著說：

「你很會狡辯嘛。真有意思。」

異樣感在日織的心中漸漸膨脹。

（這人真的是神職者嗎？）

他雖然和空露及真尾一樣厚臉皮，卻沒有神職者的心如止水，這男人的心中彷彿有洶湧的情緒在翻騰。此外，他對日織的態度未免太無禮了。空露是因為長年擔任她的教育者才會那麼不客氣，一般神職者不可能這樣對皇子說話。

「你叫什麼名字？」

男人似乎看出日織起了疑心，他沒有回答，而是指著黑暗之處。

「那邊有一扇門，門後有一條小隧道，通往榆宮附近的迴廊。你們走那條路回去就不會淋溼了。我先告辭了。」

男人轉過身，眼看就要走進黑暗，日織再次厲聲問道：

「你叫什麼名字？」

「蘆火。」

男人只說了這兩個字，就消失在黑暗中。

如同那男人——蘆火——所說，黑暗的彼方有一扇需要屈身才進得去的小門，後面有一條隧道，從隧道出去之後就是迴廊，因此他們不用淋雨就回到了榆宮。

把月白送回西殿後，日織回到自己住的東殿。

「那個人真的是護領眾嗎？」

隔簾外面的空露聽日織提到在龍道遇見一個奇怪男人，就訝異地問道。日織一邊換下溼衣服一邊回答：

「我也很懷疑，不過他和你一樣穿著黑衣黑褲，又很熟悉龍稜，包括龍道裡的小徑。只有常來龍稜的人才會知道這些事，而且他還報上了名字。」

「他叫什麼名字？如果是護領眾，我一定聽過他的名字。」

「他說他叫蘆火。」

日織聽見隔簾外面的空露倒抽了一口氣。她換好衣服，從隔簾後面走出來，在端坐的空露面前坐下。

「怎麼了？你的表情真奇怪。」

空露臉色僵硬，又問了一次。

「他真的說自己叫作蘆火？」

「是啊。那又怎樣？」

「除了皇尊和護領眾之外沒人知道這個名字。不過，那個人不可能是蘆火，他只是假冒了這個名字。」
「我不明白。」
空露猶豫了一下，才低聲說道：
「這件事是禁忌，不能外傳，只有皇尊和護領眾才知道。但我相信您一定能當上皇尊，所以就告訴您吧，反正您當上皇尊以後也會知道。還請您千萬不要說出去。」
「我不會說的。蘆火到底是誰？」
「蘆火是禍皇子的名字。禍皇子的本名就叫蘆火皇子。」

第三章　祈社的遊子

一

「禍皇子的名字……」

日織驚愕不已，沒有立刻說下去。空露點頭回答：

「您在龍道遇見的人自稱是禍皇子。」

「那男人竟然說出這麼莫名其妙的話……」

「我剛才也說過，除了皇尊和護領眾之外，沒人知道禍皇子的本名。照這樣看來，他很有可能是護領眾。他長得什麼樣子？」

「他有一頭護領眾很少見的長髮，而且俊美得令我有些畏懼。他的五官太俊秀了，簡直美得有些不祥。」

空露皺起眉頭。

「若說俊美到令人畏懼，我就想不出來了。護領眾之中沒有哪個人美到像您形容的程度。」

「如果他不是護領眾，那會是什麼人呢？除了皇尊和戶領眾之外還有誰會知道蘆火這個名字……」

講到這裡，日織突然感到一陣寒意。

會知道龍道捷徑的人，一定是經常來龍稜、或是住在龍稜裡的人。再加上他又知道蘆火皇子的名字……

（該不會真的是蘆火皇子吧……）

已經死了三百年的皇子。

龍稜中的宮殿分散於巨大岩山的各處，大部分的地方都沒有人煙，充斥著寂寥和玄奧，就算有某些詭異的東西潛藏在其中也沒有人會發現。人人都說龍稜是「奇妙的地方」，或許就是那東西造成的。

日織突然這樣想，但隨即搖頭，甩開這個想法。

「不可能是蘆火皇子，那太可笑了。只是有人假冒了禍皇子的名字吧。」

「他既不是護領眾，又不是皇尊，為什麼會知道蘆火皇子的名字？為什麼進得了龍稜？為什麼對龍稜如此熟悉？照您的形容，他也不像是在龍稜工作的舍人。真是個來路不明的人物。」

空露的語氣之中透露出強烈的警戒心。

「的確。這人太可疑了，下次再看到一定要抓住他。」

「喔？您真是可靠，比我可靠多了。」

聽到空露的調侃，日織哼了一聲。

「為了姊姊，我絕對不能放過這次機會，我不會讓任何人阻撓我的。」

無論龍稜有什麼人、發生了什麼事，日織都要找出龍鱗。這是她唯一的目標。

不津說自己若是當上皇尊就要建造都城。姑且不論好壞，至少這是沒人想過的事，從這點可以看出他不太會執著於舊習。但他卻又說要「寬容」對待遊子和禍皇子。

即使方法不同，他終究還是把遊子和禍皇子視為不同於常人的異類。說這是寬容未免太可笑了，那只是一般人會有的想法。

而且不津好像認為自己有個異類母親是可恥的事。

異於常人很丟臉嗎？日織真想問問不津。

被稱為異類的人只有一小部分和一般人不同，他們只因為這點差異就被當成截然不同的人，一般人根本不明白這對他們來說是多麼地難受、不甘心，才會覺得這樣已經很寬容了。

（聽不見龍語又怎樣？那有什麼罪過？曾經有聽得見龍語的人犯罪又怎樣？把其

他具有相同特質的人視為罪人，簡直就是杯弓蛇影嘛。我絕不認同這種事，我也絕對不會讓無意識地接受這種觀念的不津和山篠叔父當上皇尊。）

日織的決心非常堅定，但心底深處卻有一種壓著大石頭般的沉重感。她明白自己的決心也只是奠基於自己擅自認定的想法。一個人的正義可能是另一人的邪惡，一個人的邪惡可能是另一人的正義。有多少不同的立場和想法，就會有多少不同的正義、邪惡，以及決心。

「我也會多加注意。」

空露面無表情地點頭。他身為神職者，原本應該要阻止日織才對。身為女人又是遊子的日織企圖隱瞞身分成為皇尊，神職者不該坐視不管，他應該要提出忠告，勸日織說能活下來就該慶幸了，不該再奢望更多了。

但空露卻一直支持日織的心願。

空露那看不出喜怒的外表底下，想必還藏著少年時期看著心愛之人被殘忍殺害的深仇大恨。對日織而言，從她小時候就以教育者的身分陪伴在身邊的空露就像她的哥哥，也是為她的僭越心願出謀劃策的共犯。

隔天，日織和空露一起動身前往護領山上的祈社。他們的目的是祈社收藏的書卷，希望能找到關於龍鱗的線索。

到達祈社門前，日織在馬背上回頭望去，看到皇尊住所——龍稜——的威嚴身影在雨中與祈社遙遙相對。

如一隻巨大的岩爪聳立在沒有半棵樹的草原上。

龍稜山腳的東西兩側各有一大片圍著巨大長方形木板牆的整齊殿舍，那是被稱為左宮及右宮的政務部門。左右大臣分別住在左宮及右宮，隸屬於他們的組織在個別的殿舍處理各自的職務。

「宮」一般是用來指稱皇尊一族的住所，只有左宮和右宮是大臣居住的，意思是皇尊為了政務之故而把自己的宮殿借給大臣使用。

阿知穗足和造多麻呂此時應該也在左宮和右宮，認真地處理日常事務。

雖然現在沒有皇尊，但信仰皇尊的人民還是會繼續繳納米和絹布，賦役也沒有停止。

負責管理里和鄉的首和大首現在一定經常跑到右宮的兵部報告治水的問題，殯雨越下越大，想必有很多鄉里的池塘湖泊都溢出到民宅了。

（如今皇位空懸，情況不可能好轉。右大臣造多麻呂一定很頭痛吧。）

日織再次望向龍稜，突然想起月白哭喪著臉的樣子。

（我得盡快回去才行。以那個年齡的女孩來說，她真的很孩子氣。）

日織要離開龍稜時，月白還在哭鬧。在龍稜這個陌生的地方，日織不在她身邊會讓她感到不安，她本來吵著也要一起去祈社，日織說「我過幾天就會回來了，妳忍耐一下。還有大路陪著妳嘛」，好不容易才勸退了她。

悠花就成熟多了，她只是微笑著鞠躬送日織離去。

因為事前已經通知過，日織和空露一進祈社，就有一位護領眾的人出來帶路。起初有人帶領，但後來祈社不知道發生什麼事而亂成一團，護領眾就請日織和空露自便，也沒有采女跟著他們。

自由行動反而更輕鬆，也更自在，不過空露有點在意祈社的突發狀況。空露試著打聽，但他現在不負責祈社裡的工作，其他的護領眾只是含糊其詞，不肯明確回答。

祈社有三座用來藏書的殿社，日織和空露分頭調查裡面的藏書。

他們花了三天剔除掉明顯和龍鱗無關的書卷，之後先回龍稜一趟。隔天又來到祈社，繼續閱讀可能有龍鱗相關記載的書卷。

藏書的殿舍是高架勢的校倉（註7），外面的光線透不進來。木材之間緊密嵌合，連一絲縫隙都沒有。環繞著溼濡白杉林的屋內連白天都一片昏暗。

日織拿來了油燈，閱讀數量龐大的文字，身邊攤著以琉璃軸和布帛製成的書卷

註7　用三角柱形狀的木材交疊而成的井字形建築。

和竹簡。
攤放在她腿上的書卷裡提到了龍鱗。
（可是沒有更詳細的描述。）
那些書卷之中不時提到收藏在遷轉透黑箱裡的寶物龍鱗，但完全沒提到形狀和大小。最詳細的記載頂多只有：
『只能收藏於遷轉透黑箱的寶物』
『龍鱗只存在於龍稜』
諸如此類的簡單字句。這些都是她已經知道的事。
他們想要知道的是龍鱗的具體形狀，但古人的記載卻彷彿刻意不提龍鱗的外形。
日織粗魯地把手中竹簡丟回腿上，仰天長嘆。
（為什麼寫得這麼含糊啊？）
她正試圖鎮定情緒時，門打開了，微弱的光芒照進屋內。
「是空露嗎？」
日織問道，但沒有聽到回答。
她轉頭一看，門口站著一位披散著頭髮的少女。日織還記得這位少女伶俐的容貌，她就是經常跑去找悠花的遊子少女，懷裡抱著兩個捲軸。日織放鬆表情，露出苦笑。被這位少女看到她獨自生悶氣的不悅表情令她有點尷尬。

「抱歉，嚇到妳了嗎？妳是來還書的吧？請進。」

少女猶豫了片刻，才回答「是的」，走進屋內。她走到日織附近，踮起腳尖，想把書放回櫃子。

日織起身幫少女把書放回去，少女驚訝地望向日織，而後露出開心的笑容。

「謝謝您，日織皇子殿下。」

「妳喜歡看書啊？真了不起。」

「因為我也沒其他事能做。」

「妳看了很多書嗎？」

「是的，祈社的書我差不多都看完了。」

「太厲害了。」

「沒有啦。我剛剛也說過，我沒有其他事能做，所以這兩年一直在看書。不過悠花殿下來了以後，我還可以去看她寫字。」

少女的眼中出現了寂寞的神情。

「妳想見悠花嗎？」

「是的。悠花殿下對我很好，就像我的姊姊一樣。」

她不好意思地低下頭。

這溫順的模樣令日織想起了宇預。

宇預過世的時候正好跟這女孩差不多大。對現在的日織而言，這個年紀還只是孩子。那麼幼小的宇預在山裡被不認識的人殺害了。一想到她當時的恐懼，日織就心痛如絞。

如果日織沒有當上皇尊，眼前的少女也會走上宇預的後路。等到殯雨一停，就會有人來接她。

少女發現日織一直盯著她看，擔心是自己令日織不悅，急忙解釋：

「啊，不是的，我很高興悠花殿下能成為日織殿下的妻子。雖然我會有些寂寞，但是能看到悠花殿下過得幸福更讓我開心。」

少女的體貼令日織不禁莞爾。她真是個好孩子。

「改天我帶妳去龍稜吧，這樣妳就能見到悠花了。」

「這樣會給您和悠花殿下添麻煩的……」

「不要緊。妳真是個體貼的好孩子。妳叫什麼名字？」

聽到日織溫柔的詢問，少女紅著臉回答：

「我叫居鹿。謝謝您，日織殿下。那個，我會祈求地大神，希望您能登上皇尊之位。」

因為日織父皇的命令，遊子必須關進祈社，和一般人隔離。她們在祈社裡雖有若干自由，但禁止和一般人來往，外人來到祈社也看不到遊子。

也就是說，遊子無法跟祈社外面的人來往。

祈社裡只有永遠面無表情的護領眾和一臉謹慎的采女，孩子待在這種地方一定覺得很寂寞、很無聊，居鹿她們能在這裡遇見悠花，可說是難得的好運。

「悠花不在讓妳覺得寂寞了吧，真可憐。這地方太冷清了，妳一定很想回父母身邊吧？」

「我知道那是不可能的。殯雨停了以後，我就得離開龍之原。那一天已經不遠了，事到如今我也不期望能再見到父母。而且……」

「而且？」

日織問道，居鹿垂下眼簾，露出微笑。

「我的父母也不希望我回去。家裡還有姊姊和妹妹，她們和我不一樣，都很正常。」

日織從她的表情發現，這位少女必定從小就覺得自己和大家格格不入，非常孤獨。習慣了這種悲哀之後，就只能一笑置之。這種年紀的女孩本該懷抱著天真夢想和希望，如今卻露出如此寂寞的笑容。日織突然有種想抱緊她的衝動，話語忍不住脫口而出：

「那妳就來投靠我吧，我會好好照顧妳的。我若是當上皇尊，絕對不會把像妳這樣的孩子送到八洲。」

「咦？」

居鹿眨了眨眼，呆呆地望著日織。

「這怎麼可能……」

「只要我當上皇尊就有可能。我向妳保證，我若當上皇尊，絕不會讓妳被送去八洲。不過在那之前我要先帶妳去龍稜，讓妳見見悠花。」

居鹿露出燦爛的笑容。

「好的。」

她的回答之中充滿了期待，日織憐愛地摸摸她的頭，她一臉嚮往地望著日織，好像想要說什麼。

這時空露喊著「日織」的聲音從微亮的門口傳來，居鹿愣了一下，鞠躬之後就匆匆轉身離開。

空露看著居鹿低著頭從一旁走過，面露責備地盯著日織。

「您跟那孩子說了什麼？」

「我答應要帶她去見悠花。因為她很寂寞。」

「您又多管閒事了。」

日織有一種惡作劇被抓到的感覺，但她並不認為自己做錯事。

她拿起地上的油燈，走向門口。

「有什麼關係？我又沒有犯罪。」

「如果您特別關照遊子的消息傳出去，說不定會有人起疑，跑來調查您的底細。」

「我才不會笨到露出馬腳。別說這個了，我們出去吧，再怎麼查都一樣，找不到有用的記載。你那邊的情況如何？」

「我也一樣。」

日織看到空露無力地搖頭，就拍拍他的肩膀，走出校倉。

兩人都充滿了白費力氣的疲憊感。或許是因為這樣，在六根白杉柱支撐的大門屋簷下等待舍人牽馬出來時，日織和空露都沒開口說話。只能聽見雨水打在白杉葉子上的聲音。

四周充滿了溼泥土的味道，以及白杉樹皮的芳香。

（那些書卷真的一點幫助都沒有嗎？）

日織望著大門的檜皮屋頂落下的雨滴，靠在柱子上恍惚地想著。她不認為自己有所遺漏，而是覺得自己還沒參透某些關鍵。

關鍵好像已在眼前，卻被刻意隱藏起來。她無法抹去這種感覺，不禁感到焦慮。

就在此時，日織的身體離開了原先靠著的柱子。

（哭聲？）

聽慣了的雨聲中似乎摻雜著稚嫩的哭聲。

日織懷疑是自己聽錯了，同時望向門外的平緩下坡道，發現有三騎人馬正從煙雨濛濛的坡道走上來。

啜泣聲越來越清晰。

日織認識最前頭那匹馬上的人。

「不津？」

他身穿黑色的防雨皮裘，看起來像溼得發亮的凶厄之鳥，有種不吉利的感覺。日織之所以會這樣想，或許是因為不津沒有為了避雨而撇開臉，而是臉色凝重地朝向前方。他沒有擦拭從額頭流到臉頰的水滴，背脊挺得筆直，像是繃緊全身，刻意保持不動。

完全不像他平時一派輕鬆的模樣。

他握著韁繩的雙臂之間有個十歲左右的女孩。日織見過那個女孩。她全身溼透，衣裙都貼在身上，小小的髮髻鬆開了，手腳滿是汙泥，而且沒有穿鞋子。

她可憐兮兮的模樣令日織非常震驚，隨即怒火中燒。

二

「那孩子……」

空露喃喃說道，日織突然衝出門外，站在路中間，像是要迎接不津。

「不津。」

不津如同看見亡靈現身，頓時臉色大變，拉緊韁繩。

「日織？你怎麼會在這裡？」

「我才想問你呢。那是寄居在祈社裡的孩子吧。」

坐在不津的馬上低頭哭泣的女孩，就是跟居鹿一起去找過悠花的遊子少女。日織還記得那女孩睜大眼睛盯著她和悠花的稚嫩表情。女孩應該聽見了日織的聲音，卻沒有抬頭，只是不斷地用雙手擦拭臉上的淚水和雨滴。

「你為什麼帶著那孩子？而且還是從祈社之外回來？」

騎馬跟在不津身後的兩位舍人雖然面無表情，卻用譴責的目光看著日織。

不津只有一瞬間露出訝異的神色，很快就恢復了平靜。他的臉上隱約有些愁容，卻又面無表情且若無其事地回答：

「這是我的孩子。」

他語氣冰冷。

「什麼？」

「這個遊子是我的孩子。」

（她是不津的女兒？）

日織突然感到渾身冰涼，不光是因為淋了雨。

哭泣的幼小孩童渾身又溼又髒，父親不幫她遮擋，只是面無表情地坐在馬上。這副情景和日織心中既厭惡又害怕的父親形象重疊在一起。

日織的父皇在她懂事之前就駕崩了，她不可能記得他的樣貌，但她在心中勾勒出的形象如今卻好像真實地顯現在眼前。

不津平淡地繼續說：

「她太想念母親，擅自離開祈社跑回宮裡。宮裡的人不敢隨便處置她，就把我從龍稜請回來，將她送回祈社。」

他朝身後的兩人瞥了一眼。

「去叫祈社的人出來迎接。」

兩位舍人跳下馬，牽著馬轡快步走進門內。站在門下的空露對那兩人說「我帶你們進去吧」，在帶他們進去之前，空露瞥了日織一眼，暗示她「冷靜點」。

日織看懂了空露無聲的提醒，但她的手還在顫抖。

她銀灰色的皮裘彈開雨滴，發出微光。水滴從額頭流入她的眼睛，她只是眨眨眼，繼續注視著那哭泣的女孩。

（別哭了。）

日織很想這樣說，但她不知該如何安慰那女孩。日織什麼都做不到，既不能帶她逃離此處，也沒辦法給她幸福的人生。
沒過多久，空露就帶著幾位護領眾和采女舍人趕過來。
采女豎起眉毛，不顧雨勢跑到馬旁，屈膝說道「給不津王添麻煩了」，接著抓住女孩的手臂。
「好了，請下馬吧。」
原本垂著頭的女孩猛然抬頭，緊抓著不津的黑色皮裘，尖聲叫道：
「不要！不要！我要去見母親！我想見母親！我不要走，父親！」
「請下馬！」
采女厲聲說道。
「不要，父親！」
不津把女兒的雙手從自己的皮裘上扯開，說「妳走吧」。護領眾也跑過來幫忙，直接把女孩抱下馬，女孩發出哀鳴。
護領眾抱著女孩迅速走進門內，跟在後面的其他護領眾和采女們，都一臉愧疚地默默向不津行禮致意。
那撕心裂肺的哭聲逐漸遠去。
日織茫然地看著女孩被人帶走，她感覺自己的身體也被撕下一塊、帶到雨中的遠方。

她終於明白，先前祈社亂成一團就是為了這件事。有個遊子逃走了，還是不津的女兒。

為什麼我得看到這種場面？日織萌生出強烈的不滿。

「讓你見笑了，日織。」

不津笑著說出來的話讓日織心中的不滿瞬間炸開，她突然用雙手揪住不津的皮裘，使勁把他拉下馬。

不津被她突如其來的舉動嚇了一跳，身體失去平衡，他大概覺得硬撐更危險，乾脆自己跳下來。日織揪著他的衣服，把他撞在馬身上，大吼：

「那不是你的女兒嗎！她明明哭著說不想走，你為什麼拋下她！」

「她是遊子。」

「就算她是遊子，你怎麼做得出這種事！」

兩位舍人和空露分別喊著「不津殿下」和「日織」，驚慌地跑過來制止，但不津朝他們輕輕抬手，說了句「且慢」。

不津冷靜地回答：

「因為法令就是這樣規定的。而且那些可憐的人依法和我們隔離，對他們來說也比較幸福。」

可憐、隔離、幸福，這些詞彙一字字地尖銳刺進了日織的心，心上的傷口爆出了更多怒火。

「她才不希望這樣！」

「因為她還小，等她長大以後就會理解跟我們分開才是正確的。」

「分開才是正確的？你憑什麼這樣說？假使那是正確的，她還沒理解之前就會被殺掉了。你應該也心知肚明吧？」

日織咬牙切齒地逼近不津，不津卻好像不在意她的憤恨，點點頭說：

「我知道遊子多半會有這種下場。」

「你明明知道，卻打算坐視自己的孩子被殺死？」

「那是皇尊制定的法令，此時的我們都無能為力。若是想要改變現狀，只能等自己當上皇尊再廢止法令。如果我能當上皇尊，就會改變法令，不再把遊子賜給八洲的國主。我不會廢止法令，而是要改變，只要讓遊子以有別於我們的身分待在祈社裡就好了。」

「結果你還是把自己的女兒視為異常而拋開嘛。」

不津的嘴角浮現諷刺的微笑。

「不是視為異常，那種人本來就是異常。他們和我們一起生活才可憐，只會受到屈辱……就像生下我的女人。」

日織如烈火般的怒氣被他那句「生下我的女人」的冰冷聲音蓋過。她稍微冷靜一點，直視著不津的眼睛。他的語氣中隱含著厭惡和悲哀。

「生下你的女人？」

「你應該知道吧，生下我的女人是遊子。這件事早就無人不知了。」

「那不是你的母親嗎？你把自己的母親當成恥辱嗎？只因她是遊子？只因她異於常人？跟一般人不一樣就是恥辱嗎？」

路邊的雜草被雨水打得搖曳不止，就像在不斷點頭。馬兒垂著脖子踩了幾步。四下只能聽見雨聲。

不津沒有轉開視線，平淡地說：

「我沒有把生下我的女人當成恥辱。雖然遊子和我們不同，但我不認為他們異常，也沒把他們當成恥辱，只是覺得他們和我們不一樣。但是他們和一般人待在一起太可憐了，他們可能會因此受到屈辱，正是因為他們不一樣。」

不津的眼中蒙上一層陰影，透露出他藏在開朗外表底下的某種情緒。

「你不知道遊子在你父皇發布驅逐令之前受到的是怎樣的對待，那時你還沒出生。」

「想也知道不是什麼好事。」

「是的，不是好事。遊子生下來之後或許可以藏在宮中，但只要父母不在了，她們就沒辦法活下去。所以在發生這種事之前，就先以憐憫為由讓族裡的男人幫忙照顧中意的遊子。你知道這是什麼意思嗎？簡言之就是把她們當成遊女（註8）。」

日織意識到空露投來擔心的目光，但她並沒有失去方寸。就算不知道遊子過去受到怎樣的待遇，她也想像得出來。

日織露出苦笑，放開不津的皮袠。

「人果然不是好東西。」

空洞感蓋過了怒火，她只覺得全身無力。

「我的父君欺凌一個弱女子，讓她懷了身孕，我生下來之後就被他帶回來，當成他那未曾生育的妻子的孩子。生下我的女人在那之後還受到其他幾人玩弄，變得瘋瘋癲癲，活得很悽慘。」

不津在敘述時，眼中充滿了厭惡。

「放逐遊子的法令是在我十一歲的時候發布的，生了我的女人也被送去祈社，三年後被賜給葦封洲。那女人快要離開龍之原時，我的父親大概是可憐她，就把她要離開龍之原的事告訴我，意思是讓我決定要不要去見她。我當時已經十四歲，再過一年就成年了，也可以娶妻了。」

「你去見她了嗎？」

註8 指賣藝或賣身的女性。

「我不是想要見她，只是有點好奇，想看看生下我的女人長什麼樣子。我去了祈社，問護領眾『生了我的女人在哪裡』，打算遠遠地觀望。護領眾說『就是那人』，我一看到她就大為震驚。她衣衫凌亂，臉上毫無生氣，靠在面帶厭惡的護領眾身上，笑嘻嘻地纏著人家。她的表情和氣質令我想到熟透腐爛的石榴。後來葦封洲派人來接走她，她八成也死在路上了。如果她能在落到那種地步之前被送到祈社就好了，至少不會變得那麼悽慘。」

擁有皇尊繼承權的少年想必一直都是自豪地活在周圍人們的豔羨之中，而這個少年卻在最敏感、自尊心最膨脹的年齡看見了生母的悽慘模樣。

少年當時作何感想？如果他個性溫柔，或許會憐憫生母，很想幫助她吧。但每個人在年少之時都一樣敏感易怒，關注自己的傷痛更勝於別人的傷痛，所以對於造成自己傷痛的人只有憤恨。

不津在少年時代看見生母時，感受到了巨大的傷痛，那份傷痛如今依然留在他的心中。他現在注視著日織的眼中還帶著痛楚。

「我不像父親那樣卑劣，我看不起他的所作所為。正是因為這樣，生下我的女人明明異於常人卻和一般人共同生活，引起這種可恥之事，才會受到屈辱。如果他們與世隔絕，就不會落到這麼丟臉的處境了。和一般人待在一起，結果只會讓自己的存在變得可恥。」

日織沉默片刻，開口說道：

「你很厭惡吧？」

不津挑起眉毛。

「什麼？」

「你嘴上說著遊子不可恥，心裡卻厭惡她們，才會覺得只要讓她們與世隔絕就好了。」

不津打從心底相信遊子和自己不同，就算那是無意識的想法，他還是輕視、厭惡遊子。他會有這種想法必定是來自少年時期的傷痛。

「誰說遊子和我們不同？」

日織尖銳地問道。

「遊子聽不到龍的聲音，是遭神厭棄的人。」

「神說過這種話嗎？龍表達過對遊子的厭惡嗎？地大神宣示過不會庇護遊子嗎？是人們擅自認定聽不見龍語的遊子遭神厭棄，神才沒有這樣說過。」

日織認為在神的眼中，這些只是微不足道的小事。乘載著央大地、只想永遠沉眠的神會想要區分生活在自己背上的小小生物嗎？神或許根本不在意。

是人自己劃分出區別的，是人冒用神的名義去劃分的。

「就算不是神的旨意，也該照著世間的規矩把遊子區分開來。他們和我們一族的人明顯不同。所以我只是用正確的態度對待自己的女兒，如果別人家裡有遊子，我也會勸他們早點把女兒送走。」

「你所謂的明顯不同，只有聽不見龍語這一點。光憑這一點就把他們視為異類，未免太不合理了。」

「這一點對我們一族來說就是最重要的事。但我即使把遊子視為異類，我還是願意寬容地對待他們。」

「那才不是寬容。你把他們當成異類隔離開來，讓自己感覺比較舒服，是因為覺得他們很礙眼，你會覺得他們礙眼正是因為你厭惡他們。你厭惡自己的母親，也厭惡自己的女兒，你就連對自己都感到厭惡，因為你是遊子所生的。」

「你懂什麼！」

不津發出怒吼。他會這麼激動必定是被戳到了痛處。不津橫眉豎目地逼近日織。

「你想藉著包庇遊子這些弱者來彰顯自己的仁義嗎？那只是偽善。你根本不明白被遊子生下來、又生了個遊子的人是怎樣的心情！」

日織確實不明白擁有遊子母親及遊子女兒的心情。是遺憾？悔恨？還是悲哀？又或者覺得自己的母親和孩子很可憐？她可以想像出各種心情，但那些都只是想像。

不過日織明白遊子的心情。

「我不明白你的心情，頂多只能想像。你也可以試著想像自己若是遊子會怎麼樣。如果我是遊子，光是因為聽不見龍語就被視為異類，一定會很難過的，所以我才會站在她們的立場說話。你問過你的女兒是怎樣的心情嗎？」

「這……她還小。」

不津回答得很無力，想必他也知道自己是在找藉口。

「你說遊子很可憐，只想寬容地隔離他們。但我不認為遊子可憐，也不想隔絕他們，如果我當上皇尊，就要廢除我父皇發布的驅逐令。」

「遊子和我們不同，他們是異類，若是和我們生活在一起，就會引來可恥的事。」

「我知道會有人這樣想，也因此遊子自古以來一直受到憐憫或排擠。」

「你想要漠視一般人的觀念嗎？」

「只要改變這種觀念就好了。只要皇尊宣布他們與常人無異就好了。一般人的觀念不會輕易改變，但我們有的是時間，不管是要花十年、一百年，還是一千年，遲早可以改變的。」

不津露出悲傷的微笑。

「日織啊，你簡直是痴人說夢。」

不津的情緒平靜下來了，他的嘴角還殘留著笑意，銳利的目光朝向日織。

「看來我們在這件事上是談不攏了。」

「反正我們本來就是競爭皇位的對手。」

「沒錯。」

不津顯然無意多談，對舍人喊道「回去了」便騎上了馬。舍人們充滿敵意地瞪著日織，也跟著翻身上馬，撥轉馬頭追向不津。

日織望著一行人離去，空露走了過來。

「聽說那位小姐名叫與理賣。（註9）真可憐……但您應該克制一點，日織。現在不津大人已經知道您太過同情遊子，希望那個精明的男人不會想到要由此找出您的弱點加以利用。」

「我也知道自己愚蠢，但我就是忍不住。」

日織知道空露的擔心很合理，自己的確做了蠢事。但她看到那哭喊的少女就會想起宇預，實在按捺不住。

「確實很愚蠢。」

空露溫柔地說道，像在安撫小孩一樣摸摸日織的頭。

雨滴從銀灰色的皮裘滑落。日織的頭髮早就溼透，沿著脖子流下的雨水也把衣襟浸溼了。回過神來，她才感到全身發冷。

註9　日本人名中的「賣」（讀音me）通常代表「小姐」（女。讀音me）或「公主」（姬、比賣。讀音hime）。

祈峰的深處傳出悲鳴。日織驚訝地回頭望去，只看見綠意盎然的白杉。那似乎是鹿的叫聲。

三

悠花的字跡十分端正。她用來代替聲音的文字就像她的性格一樣柔和而淡泊。

『看到日織殿下和月白夫人的到來真開心。』

悠花遞出寫著這行字的紙，微微一笑。月白也跟著笑了，露出一邊可愛的酒窩。

「太好了。我很想來拜訪悠花殿下，又擔心會打擾到您，是日織殿下鼓勵我，叫我鼓起勇氣過來看您的。」

『隨時歡迎。我一開始也說過，希望我們能相處融洽。』

悠花又把紙拿回去，寫下這行字，月白望著的表情害羞又開心。她們的相處情況讓日織不禁莞爾。

（月白大概把悠花當成姊姊了。悠花那麼疼愛那些遊子少女，如果她也能把月白當成妹妹就太好了。）

月白和悠花都沒有兄弟姊妹，或許她們從小到大都過得很寂寞。

看到她們兩人，日織不禁想起自己和姊姊宇預過去幸福無比的日常生活。如果宇預還活著，而自己以女孩的身分生活，一定也會像她們這樣開心融洽，聊當季的花草，因彼此的玩笑話而大笑，鐵定也會聊到戀愛的話題。

悠花光澤亮麗的白裙和月白的紅裙輕柔地拖曳在地，彼此交疊。悠花的披巾是藤蔓花紋的顯紋紗。月白拖在地上的淡紅披巾和悠花的披巾湊在一起，形成破曉時朦朧天空的色彩。

那美麗的衣服令日織很羨慕。如果穿在自己身上，會是什麼模樣呢？

悠花背後的桌上擺放著各式各樣的華麗飾品，有收納著金銀釵子的首飾盒、內側閃爍著七彩光澤的口紅貝殼、精雕細琢的翡翠手環等等。看著這些物品，心情就自然地舒展了。圍繞著這些東西，一定每天都能過得很平靜。

悠花命人拿來升官圖，和月白擲起了骰子。日織把蒲團移到她們身邊，靠在憑几上撐著臉頰觀戰。

她盯著轉動的骰子和移動的棋子，心中卻很焦躁。

時間一轉眼就過去了。日織會有這種感覺，是因為還沒找到關於龍鱗的線索。來到龍稜已經十六天，每天只是毫無建樹地虛度，令她越來越焦慮。

（找出龍鱗……明明只是這麼簡單的事。）

無論向龍稜的采女和舍人打聽，還是花好幾天時間在祈社翻閱書卷，都是一無所獲。采女和舍人只聽過龍鱗這個名稱，但他們當然沒親眼見過。祈社的書卷也找不到沒聽過的消息。

空露昨天說要再查閱一次祈社的書卷，離開了龍稜，但他自己和日織都不指望會有收穫。

事實就是日織至今仍然毫無頭緒。

要說毫無頭緒，不津和山篠八成也是一樣，日織經常看見他們面帶焦躁，在龍稜之中漫無目的地走來走去。

（不津的女兒與理賣不知道是不是平靜一點了。）

從祈社回來後，日織一直對與理賣念念不忘，就連躺在黑暗中都會覺得好像聽到哭聲而起身。

她是不津的女兒，日織沒有資格過問，而且年幼的與理賣一定只想依賴自己的父親和母親。日織很清楚自己什麼都做不到，卻仍忍不住牽腸掛肚。

悠花似乎看穿了日織的焦慮和憂鬱，她望向日織，在手邊的紙上寫了一些字，拿給日織看。

『您在祈社有找到龍鱗的線索嗎？』

日織只能回以苦笑。

「什麼都沒找到，全都是已經知道的事。書上最詳細的記載只有『只能收藏於遷轉透黑箱的寶物』、『龍鱗只存在於龍稜』這兩句。」

悠花皺起眉頭，像是在思考。

「悠花，妳不需要煩惱這些事。對了，我在祈社看到了妳很疼愛的居鹿，她過得很好，但她很想念妳。」

相較於一心思念父母的與理賣，居鹿還更成熟，因此日織覺得或許能為她做些什麼。

聽到居鹿的名字，悠花有些擔心地歪著頭。

「沒事的，她說只要妳過得幸福她就很開心了，還對我笑。我答應以後會帶她來龍稜，居鹿若是見到妳一定會很開心，這樣妳也能多個人陪伴。」

悠花綻放出如鮮花一般的美麗微笑。她平時很少顯露表情，這笑容就像從樹上灑落的陽光一樣寶貴。

月白眨眨眼睛，問道：

「日織殿下，您怎麼只顧著做這些事呢？龍鱗的事沒問題嗎？這樣是不是太悠哉了？」

「這話真是刺耳哪。當然不會沒問題，只是我還沒理出頭緒，所以才會在這裡看妳們玩升官圖。空露叫我用用腦袋，但我的腦袋實在想不出好方法。」

「沒這回事，日織殿下一定想得出好方法的。」

月白生氣地探出上身，日織輕輕撫摸她的臉。

「謝謝妳，月白。悠花曾經跟先皇尊一起住在龍稜吧？為了慎重起見，我還是想問問妳是不是知道些什麼？妳有聽過妳父君提起龍鱗的事嗎？」

遺憾的是悠花搖頭了。

「這樣啊，我想也是。」

悠花受到百般呵護、很少出現在人前，當然沒機會聽到龍稜內部的事。日織還有其他掛心的事，就順便一起問了。

「還有一件跟龍鱗無關的事。妳有沒有在龍稜看過打扮得像護領眾的年輕男人呢？那人的容貌俊美得令人吃驚。」

悠花露出訝異的表情。月白歪著頭說：

「日織殿下，您是說我們在龍道遇見的人嗎？那個人怎麼了？」

「我本來以為他是護領眾，但又不太像。不知道他是從哪裡來的，我有點在意。」

「喔……」月白的反應似乎不感興趣，她又伸手去拿骰子。

「怎樣，悠花，妳見過嗎？」

骰子滾動的聲音傳來，悠花盯著骰子搖搖頭，但她突然抬頭望向門外。

隨侍在一旁的杣屋和大路稍後也跟著往外看。

「怎麼了？」

日織看到三個女人都望向外面，疑惑地問道，大路回答：

「龍發出了低鳴。聽不出明確的意思，但感覺很不愉快。沒錯吧，月白小姐？」
「嗯，是低鳴。」
月白回答，也跟著望向門外，而後杣屋突然放鬆肩膀。
「啊啊，停下來了。」
「太好了。不知道是怎麼回事。」
月白露出鬆了一口氣的表情，再次擲出骰子。骰子轉動著。
「真棒！」
月白看到骰子的點數，正高興地拍手時，外面突然隱約傳來疑似采女的尖叫聲。日織立刻直起身子。
「怎麼回事？」
在龍稜不可能聽到采女發出尖叫，她們都受過嚴格的訓練，不會隨便大呼小叫。月白一臉驚恐地貼向悠花。
「采女怎麼了？」
「會讓采女發出尖叫的一定不是小事。月白和大路一起回西殿，千萬不要出去。悠花和杣屋也好好地待在北殿。」
日織向兩人吩咐完就站起來。
「日織殿下要去哪裡？」

「聲音是從大殿傳來的，我要去看看發生了什麼事。遷轉透黑箱還在那裡，不能放著不管。」

日織走出榆宮，快步走向通往大殿的迴廊。

大殿前方有一位采女趴在地上，似乎是摔下了階梯。她跪在被雨淋溼的砂礫上，按著自己的額頭。

廊臺上有幾個人，但他們只是默默看著流血的采女，沒有任何人做出反應。

「這裡發生什麼事了？」

日織忍不住大吼，從迴廊跑向前庭。她在雨中跪在采女身邊，白褲的膝蓋處浸在冰冷的泥水裡，但日織毫不在意地扶起采女，盯著她的臉問道：

「妳沒事吧？」

采女似乎很痛，皺緊眉頭看著日織。

「非常抱歉，日織皇子殿下，讓您的衣服弄髒了。」

「這點小事算不了什麼。」

采女的髮髻鬆開，頭髮垂到耳上，鮮血隨著雨滴滑落她的臉頰。日織認識她，她就是日織剛到龍稜那一天守在大殿門外的采女。她或許是龍稜采女的主管。

「怎麼會發生這種事？」

日織抬頭看著廊臺上的人們問道，此時她才注意到中央那人。

「山篠叔父？」

山篠皇子拱起肩膀，滿臉通紅地站在那邊，他像是壓抑著激動的情緒，回答的聲音低沉：

「都是因為那個人妨礙了我。」

圍繞著山篠的都是他帶來龍稜的侍女和女僕，沒有妻子的身影。日織和不津都帶了妻子來龍稜，但山篠的幾位妻子在四年前相繼過世，現在並沒有妻子，所以只帶了服侍的人。

「這個人怎麼妨礙您了？」

日織在雨中瞇起眼睛，瞪著山篠。不管他有什麼理由，都不該把女人推下階梯。日織緊緊摟住采女的肩膀，如同在保護她。

「我說想要和真尾及淡海叔父說話，叫那個采女進去向他們兩人通報，我拜託她好幾次，但她只帶回來『無話可談』的蠢話。」

采女按著額頭，抬起頭說：

「真尾大人和淡海殿下確實是這樣說的，我只是如實轉達。」

「所以我就說要直接進大殿見他們，真尾和淡海叔父就在裡面，這個采女卻攔著我。」

皇尊選拔開始之後，大殿裡一定有真尾或淡海守著。為了保護遷轉透黑箱，他們兩人日夜輪流看守。
「是大人命令我不要讓山篠殿下進去，所以我才會請山篠殿下離開。」
「我進大殿才不需要任何人的許可。」
「我剛剛接到的命令就是不能讓山篠殿下進入大殿。」
「哪有這麼愚蠢的命令？」
采女大概忍無可忍了，高聲說道：
「有的！因為山篠殿下真的太蠻橫無禮了！這次選擇皇尊的方法是前皇尊決定的，神職者和大臣都沒有資格改變，但山篠殿下還是一直要求更換方法，他們只能不予理會。」
「……太離譜了。」
日織喃喃說道。
山篠當初一聽到要用尋寶的方式來決定皇尊就說「太可笑了」，皇尊的遺言不可更動，山篠卻不管這麼多，像個鬧脾氣的孩子一直向真尾和淡海吵著「我不要！我不要！」。他的態度之所以這麼幼稚，或許也是因為找不到龍鱗而焦躁。
山篠原本已經滿臉通紅，如今激動起來，連耳朵都紅了。
「日織，你說什麼？」
「我說太離譜了。」

日織一邊回答，一邊扶著采女走到大殿的廊臺上。

龍稜的舍人聽到騷動都跑來了，日織把采女交給其中一位舍人，舍人擔心地攙扶著采女。日織交代「幫她包紮一下」，舍人點頭，離開大殿走向迴廊。日織目送他們離去時，突然發現迴廊遠處有一個身穿黑衣的人，心中暗暗一驚。

（蘆火！）

黑衣，過肩長髮，從遠處也能看出來的驚人美貌。錯不了。他躲在迴廊的柱子後方，像是在窺視這裡的情況。如果不是在這種場合，日織一定會立刻逮住他，詢問他的身分。

「日織，給我道歉！」

背後傳來山篠高亢的聲音。面對這種情況，日織無法輕易脫身。

日織調整了呼吸，轉過身去，筆直地盯著山篠，朝他走去。

山篠身邊的人都畏懼日織的視線，紛紛讓出路來。由於剛剛跪在泥中，日織的烏皮鞋裡全是汙泥，她走上廊臺時脫下鞋子，但腳還是髒的，走過的地上留下一道泥水腳印。她怒火中燒，已經顧不得會弄髒大殿了。

日織站在山篠面前，山篠瞪著她看，她也毫不畏懼地望著他。

「我不覺得有必要道歉。看到離譜的人就說離譜，我只不過是說出事實罷了。」

「你說什麼！」

山篠高舉手臂，日織強硬地說：

「打人可以讓您開心的話，那您就打吧。不過這樣只會自貶身分。」

「太無禮了！」

山篠的手正要揮落，後面突然有人抓住他的手腕。

「請您住手，父君，再鬧下去就更丟臉了。」

「不津！」

山篠回頭一看就瞪大了眼睛。不津面露苦笑站在他身後，大概是從廊臺的另一邊過來的。

這是日織幾天前在祈社發生衝突後第一次見到他，不由得提起戒備，但不津卻對日織露出溫和的表情，像是在說「都是我父親不好」。他似乎沒有因祈社那件事而心生芥蒂。

不津態度平靜地勸告父親：

「無論您再怎麼鬧，真尾、淡海叔祖父、左右大臣還是不會改變做法的，他們不可能有膽量違背皇尊的遺言。」

「連你都在胡說八道。這種可笑的選拔方式真是前所未見。」

「我也同意這方法很可笑，但現實就是不能改變規則。」

山篠用力抽走被抓住的手腕，來回望向自己的兒子和日織。

「我知道了，你們兩人想要聯合起來對付我。」

就在此時，日織眼角瞄到的蘆火一臉愕然地望向天空。

過了一會兒，山篠的侍女們也望向降著細雨的灰色雲層。

空中傳出了低鳴。

第四章　祕密洩漏

一

類似樹皮的味道從上空飄來。

（難道是……）

日織還記得，這是她七歲時在護領山的深處聞到的味道。

（是龍嗎？）

日織抬頭望去，雲層彷彿融化似地上下起伏。

雲中傳出了布滿天空、撼動空氣的低鳴。

低沉聲響伴隨著輕微的震動，籠罩了整座龍稜。聽到的人都惶恐不安。

（這是……）

在大殿屋頂的上方，黑色和深灰色的雲朵攪拌似地相互混合，逐漸隆起，一顆銀白色的頭顱從中緩緩冒出。

日織的眼睛眨都不眨地注視著巨大的龍頭。

長滿細細利齒的嘴，扭動的長鬚，噴著氣的鼻尖，一點一點地從雲中探出。那顆頭非常巨大，彷彿一張嘴就能吞下整頭牛，銳利牙齒的長度和幼兒差不多高。

溼潤而明亮的金色眼睛俯瞰著下方。

光亮的銀白色鱗片緩緩蠕動，每一片都清晰可見。八十一片鱗片。只有下顎底下的那片帶有金色，那是逆鱗。

（是龍。好近……）

日織不由自主地發抖。這是本能的恐懼。

龍低下頭，鑽出厚厚的雲層，彷彿要獵食大殿上的人們，前腳的四根爪子撲向大殿的屋頂。那爪子像磨利的鋼刀發出寒光。

與樹皮類似的強烈味道和冷風直衝人們的臉上。

在風中飄散的雨水擊打著在場的每個人。女人紛紛尖叫，男人全都啞然無語。龍很少出現在這麼靠近人的地方。看到龍飛得這麼低，每個人都嚇到動彈不得。

淡海皇子從大殿裡跑出來，繃著白皙臉孔的他一看見龍，喉中就發出呻吟般的悶響。他環視了在場的人，目光停留在山篠身邊的侍女們。那些女人擠在一起，害怕地仰望著龍。

「龍說了什麼！」

淡海怒吼似地詢問那群侍女。她們是皇尊一族的女性，必定聽得見龍語。跟她們站在一起的女僕都一臉愕然。女僕不屬於皇尊一族，因此聽不見龍語。

其中一位侍女顫聲回答：

「龍在發怒。」

「為什麼？」

「我不知道龍為什麼發怒。龍只說了一句話……『快點』。就只有這樣。」

山篠的臉色頓時變得煞白，嘴唇不停顫抖。

溼潤明亮的金色眼睛靈活地轉動，像是檢視著每個人，而後抬起前腳的爪子，一口氣竄上高空。龍尾掃動，一陣強風筆直撲來，女人們再次發出尖叫。

大殿階梯兩旁的桃樹劇烈地搖晃著枝葉，來勢洶洶的風壓折斷了幾根樹枝，撕裂了樹葉，撞到地面之後又形成漩渦，吹向迴廊。

山篠雙腿一軟，跌坐在地。日織依靠著大殿的牆壁穩住身體，淡海和不津都攀著欄杆。

所有的聲音彷彿都跟著龍消失了。

在場所有人如同凍結，一動也不動。

過了一會兒，日織才開始聽見雨聲，從緊靠著的牆壁移開身子。笑聲劃破了寂靜。

靠在欄杆上的不津彷彿哪根筋不對勁，突然大笑起來。他一邊笑，一邊望向驚魂未定的其他人。

「快點？地大神的眷屬也急了呢。淡海叔祖父，我很想要遵從皇尊的遺言，但若一直沒人找到龍鱗要怎麼辦呢？時間一直在白白流逝，皇尊駕崩已經二十九天了，三分之一的期限過了，若是超過八十一天就會發生大災難囉。」

淡海沒有開口，大概是一時之間說不出話。

「像從前那樣正正經經的選出皇尊應該更明智吧？」

不津慫恿似地說道，淡海依然保持沉默，視線轉向驚慌失措的侍女、女僕，以及折斷的桃樹，皺起眉頭。

皇尊的遺言當然得遵從，但這種前所未見的選拔方法令大臣們都很不安，這時又聽見了龍憤怒的聲音，他無法不感到徬徨。

皇尊最重要的職責是鎮守地大神、地龍，為此必須透過各種祕密儀式來求助或是安撫龍的眷屬。龍和皇尊有著密切的合作關係，所以在皇位空懸時，龍那句憤怒的「快點」就像皇尊本人的發言一樣有極大的影響力。

（為什麼龍會在這種時候……）

日織咬緊牙關。
（如果大臣們因此而恐懼、焦急，決定用以往的方式來選出皇尊……）
若是大臣們因為憂心而放棄史無前例的選拔方法，改回以往的方法，最有利的就是不津，他是左大臣的女婿，日織的政治手腕恐怕敵不過這個娶了左大臣兩個女兒的男人。山篠比日織更沒希望，因為大臣們對他都不屑一顧，真尾和淡海甚至命令采女把他擋在門外。
正是因為用尋寶這種史無前例的方法來選拔皇尊，日織才能和不津平等地競爭，若是回歸從前那種靠著私下疏通和政治手腕的方法，日織的勝算就很小了。
「您打算怎麼做呢，淡海叔祖父？」
日織藏起內心的焦慮，開口問道。
「……現在還不能確定龍發怒的理由。」
過了一會兒，淡海終於開口了。他的白皙臉孔比平時更白，甚至顯得有些蒼白，這應該不是錯覺吧。
「龍或許對我們選拔皇尊的方法感到不滿，又或許跟選拔方式無關，只是想要教訓我們別引起無謂的騷動，快點去做該做的事。」
淡海說到「無謂的騷動」時，狠狠地瞪了山篠一眼，不過山篠依然坐在廊臺上動也不動。淡海看到他這窩囊樣不禁皺起眉頭，接著又望向不津。

「我們不會改變決定，皇尊的遺言才是最該遵從的。不過……」

淡海的眼中浮現一絲陰鬱。

「不津王的擔憂也有道理。我們原本以為幾天之內就能找出龍鱗，沒想到如今所有皇尊人選都束手無策。我們無論如何都得在八十一天內選出皇尊，假使過了若干時日還沒有人找到龍鱗，我們就不得不考慮換方法了。我會和大祇及左右大臣好好商量的。」

皇尊駕崩已經過了將近三十天，距離殯雨變成狂暴肆虐的洪流還剩五十多天。

（過了若干時日就要考慮換方法？）

日織很確定，面對著龍留下的樹皮味道和暴風的餘韻，大祇真尾和左右大臣多半會同意淡海的提議。他們原本就對這種史無前例的皇尊選拔方法感到不安，此時龍又很稀罕地出現在龍稜，表達了憤怒，這有可能導致他們考慮轉換方向。

（大臣們打算再等多少天？）

相較於日織的滿腹擔憂，不津則是面露微笑。看到他野心勃勃的眼神，日織重新領悟到一件事。

如果用以往的方式來選拔皇尊，自己一定敵不過這個男人。

（期限想必不會太長。）

回到榆宮後，日織脫下泥水弄髒的衣服，頭髮全都溼了，於是解開髮髻用布擦拭。頭髮溼得簡直能擰出水，她粗魯地擦著披在肩上的頭髮。

空露還沒從祈社回來，現在東殿裡只有日織一人。她的身邊沒有侍女或女僕服侍，只能自己更衣，但她早就習慣了。獨自生活不會讓她感到不適或寂寞。一個皇子過這種生活雖然詭異，但她已經行之多年，周圍的人們也都接受了「日織皇子就是這種個性」。

（如果找不到龍鱗，就會讓我等了二十年才等到的機會溜走。如果我不改變把姊姊的命運視為理所當然的這個世界，那我就得接受現實了。）

一脫下衣褲，寒冷立即襲來，日織在昏暗中咬緊嘴脣。

（那我就會輸給決心對抗的東西了。我絕對不要這樣。）

日織討厭自己的女性身體。都是生成這副德行才害她過得這麼辛苦，她對自己的身體懷著恨意，而且擁有這可恨的身體還要假扮成男性，讓她被罪惡感壓得喘不過氣。她之所以能撐過來，都是為了對抗命運。為了鏟除那些她一直在對抗的東西、那些奪走了宇預的東西。

如果無法達成目標，日織的心中就沒有任何希望了。

若是沒有希望，又背負著罪惡感，日織沒有勇氣再活下去。她連自己的身體都討厭，說不定會把自己的肉割下來丟掉。

榆宮如同龍稜的其他宮殿，有半數建築物被岩穴的影子遮蔽。半座正殿、西殿、北殿都有岩石遮蓋，淋不到雨，但整座東殿暴露在雨中，打在廊臺欄杆上的雨聲傳進主屋。

太陽已經下山，格子窗和門都關上了。放在燈臺上的油燈碟裝滿了菜籽油，穩定地散發光芒，但是隔簾後面暗到連手邊都看不清楚。

日織站在黑暗中，赤裸的白皙身軀連在黑暗中都很清晰。她鮮少露出身體，因此有著柔媚曲線的胸部和腰身都如雪一般潔白。她體型纖瘦，看起來像個少年，但平緩隆起的胸部還是透露出女人味。

（我該怎麼辦呢？怎樣才能找到龍鱗？如果我找不到，那居鹿就……）

不小心對少女許下的承諾揪緊了日織的心。自己說出那種話，一定會讓居鹿滿懷希望，要再打碎她的希望未免太殘酷了。

隔簾之外傳來開門聲，大概是空露回來了吧。

日織披上白色內衫，隨意綁起衣帶，從隔簾後面走出來。

她這副披頭散髮、只穿著一件內衫的模樣一定會惹得空露皺眉抱怨「太不像樣了」。但日織從小就跟他親近慣了，並不覺得害羞。

「空露，如果再不快點找到龍鱗……」

她一邊走一邊說，綁好衣帶抬起頭來，頓時停下腳步。

站在門邊的是和空露一樣黑衣黑褲、打扮得像護領眾的青年，容貌美得令人心驚。

（蘆火！）

日織因驚訝和恐懼而動彈不得，也發不出聲音。蘆火也一樣睜大眼睛望著日織。他一臉不敢置信地盯著日織頸部到胸部的裸露肌膚。

被人撞見的驚愕只讓日織僵住了短短的一瞬間。

她轉身想要躲到隔簾後面，卻被衝過來的蘆火一把抓住肩膀，日織想要掙脫，卻因內衫被揪住而失去平衡，兩人一起倒在地上。日織想要匍匐逃開，但蘆火壓在她身上，把她翻過身，她因死命抵抗而喘得激烈起伏的胸口完全是敞開的。

日織的身體毫無遮掩地暴露在蘆火面前。

（死定了。）

腦海中浮現這句話。日織死心地閉上眼睛。

（無論這男人是何方神聖，我都死定了。）

自己的女兒身曝光了。日織悔恨地咬緊牙關。她從沒想過結局會來得這麼突然。她沒有心力再抵抗，手腳都放鬆了。

（未免太簡單了。）

藏了二十多年的祕密竟然如此輕易地曝光了，日織忍不住要咒罵自己的大意。

她為了騙過神而抹殺了自己的一切，結果竟是如此。

（真不甘心。）

蘆火輕聲地笑了。

「這樣啊，日織。原來如此。怪不得。我終於明白了。」

日織忍受不了蘆火的嘲弄，睜開眼睛瞪著他。

「笑什麼！有這麼……！」

凶狠的怒罵突然停止，這是因為她看到了蘆火的表情。

「原來真的有所謂的命運呢。」

蘆火溫柔地微笑著。他這輕鬆祥和的表情美得令日織不禁看呆了。她還愣愣地望著蘆火時，他已經合起她敞開的內衫，貼心地幫她遮好身體。

「別大聲嚷嚷，日織。妳和我都不希望被人看見吧？」

說完之後，蘆火輕輕地從日織的身上退開，把她拉起來讓她坐好，自己也曲起一隻腳，抱膝而坐。

日織迅速整理好凌亂的內衫，警戒地問蘆火：

「你打算對我做什麼？」

「做什麼？很不巧，我沒有被妳勾起低俗的慾望，所以什麼都不打算做。如果讓妳期待落空還真是抱歉。」

「少跟我開玩笑。」

日織威脅似地低聲說道。

「你是什麼人？為什麼要揭穿我的祕密？」

「揭穿祕密？我沒打算這麼做，而且我本來也不知道妳有祕密。」

「那你來這裡做什麼？」

「我看到妳為了保護采女而弄髒衣服，有點擔心便跑來看看，結果就不小心看到不該看的東西。」

蘆火的態度很沉著，不像是會立刻逃出主屋。

日織察覺到這點，開始考慮自保和反擊。

（如果把他逮住，或許能封住他的口。）

日織小心不讓蘆火發現，偷偷地確認櫃子的位置。裡面放著皇子的防身短刀。

二

在極度缺乏鐵器的龍之原，皇子和皇女能得到防身短刀做為賀禮。刀身只有成年人手肘到指尖的長度，但這種刀在龍之原已經算是殺傷力極強的武器，輕輕一揮就能致人於死地。

（我是為了守住自己的祕密而殺人嗎？不，就當作是為了姊姊吧。）
在迷惘和緊張之中，日織為了拖住蘆火而繼續跟他對話。
「當時你也在場，你是去做什麼的？」
日織提起此事只是為了找話題，但話說出口才察覺到當時情況不太對勁。
（當時有些事很奇怪。）
令她在意的是龍出現時的情況。
「因為從來沒有采女在龍稜尖叫，任誰都想搞清楚發生了什麼事。」
「你果然住在龍稜？」
「該怎麼說呢？可以說是，也可以說不是。」
蘆火把下巴靠在膝上，歪著腦袋，露出揶揄的微笑。
「對了，日織，那時在正殿把采女推下階梯的男人是誰？幫你們打圓場的又是誰？」
日織睜大眼睛。
（他沒見過山篠叔父和不津嗎？）
端看蘆火的言行分明是長年居住在龍稜，他卻不認識經常來龍稜的山篠和不津，這到底是怎麼回事？她越來越摸不清這個男人的真面目了。
日織仔細觀察著蘆火的反應，一邊回答：

「對采女動粗的人是山篠皇子，打圓場的人是不津王。」
「喔喔，原來是他們。就是妳必須打敗的兩個人吧。」
「我是得打敗他們，但已經沒有希望了。」
「為什麼？」
「你是在戲弄我嗎？我的祕密已經被你發現了，難道我還當得上皇尊嗎？」
日織提高了音量，蘆火卻露出意外的表情。
「妳以為我會四處宣揚妳的祕密嗎？放心吧，我不打算把妳的事情說出去，畢竟連我自己都是不能被發現的人。」
雖然蘆火這麼說，但日織並不相信他。在日織充滿戒備的注視下，他繼續說道：
「妳是女人，而且大殿出現龍的時候，妳的反應像是聽不見龍語，可見妳是個遊子，所以妳才會假扮成男人吧。這也沒什麼大不了的。和那個把采女推下階梯的男人相比，我認為妳更有身為一個人的品格。」
連遊子的身分都被他看穿了。日織在感到愕然的同時，也察覺了先前那種不對勁的感覺從何而來。就是蘆火口中的「反應」。
對，就是反應。
（蘆火在龍還沒出現時就望向天空了，反應比誰都快。）

蘆火怎麼看都是個男人。剛才他壓在她身上時，她感覺到的粗壯和力道都顯示出他毫無疑問是個男人。

「在龍出現之前，你是最快望向天空的人。」

蘆火揚起了嘴角。

「你和我不同……你聽得見龍語。明明是男人卻聽得見龍語……」錯不了的。

日織抑制著心中的震驚，如此問道。

「你是禍皇子嗎？」

「妳似乎不怕我？」

蘆火的言外之意就是承認了。和纖細美麗的容貌相反，那興味盎然的笑容透露了他過人的膽識。

日織心中的驚訝、畏懼和困惑瞬間暴漲。

「你是蘆火皇子嗎？難道你在龍稜活了三百年？」

「我又不是怪物。」

「那你是什麼人？」

「我是什麼人都無所謂吧。別那麼害怕。不管我是什麼人，有一件事是可以確定的，那就是我和妳一樣，都是異類。」

（和我一樣？）

日織重新打量蘆火。在龍之原，所有異類都會被除掉，卻有像他們這樣的異類藏在人群中。如果日織遵從異類的命運，早就消失在世上了。不管這個自稱蘆火的男人是誰，如果他是禍皇子，並且被人發現，兩、三歲時便會被處死。

他們兩人都是不被允許活在世上的異類，卻在這個響著雨聲的夜晚相對而坐。這彷彿是在空無一人的曠野中遇到了意想不到的人。

「我不是妳的敵人，絕對不是。不只如此，日織，我們還是唯一能成為彼此戰友的人。」

蘆火瞇起眼睛。

「所以請妳不要試圖用防身短刀攻擊我。」

（被他看穿了！）

日織有一種被按住手腳的感覺。這男人是禍皇子，雖然她不知道他的身分，但只有這點是可以確定的，而且他還說自己和日織一樣。那是為了迷惑她、令她無法行動的計謀嗎？

（我是騙不過他的。）

日織做出了決定。現在她只能供出一切，和這男人坦誠相對了。她嘆了一口氣，面對著他重新坐好。

「……我不會輕舉妄動的。」

「那真是幫了我一個大忙。」

蘆火微笑著說，接著換了一副正經的表情。

「我有事情想要問妳。」

「除了被你發現的祕密，我沒有其他更想隱瞞的事，所以應該可以回答吧。」

「妳為什麼想當皇尊？妳有祕密瞞著世人，就算別人期望妳當皇尊，妳也應該拒絕，離群索居地生活。為什麼要來到這個地方？」

「我要廢除我父皇發布的驅逐令。因為我不能苟同那種殺死遊子……殺死我姊姊的法令。」

除了空露以外，這是日織第一次把自己的心願告訴別人，或許是因為這樣，她的心中湧出分不清是悲哀還是決心的澎湃情緒。或許也是因為真實身分曝光，眼前又出現了意想不到的「同類」，才讓她心情這麼激動。

「妳是說那條把遊子移交八洲的法令？」

「不是移交，而是殺害。幾乎所有的遊子還沒翻過護領山就死了，我姊姊宇預也是被殺死的。」

日織緊盯著蘆火。

「你應該知道吧？依照皇尊命令被送到八洲的人等於是罪犯。遊子既然被視為罪犯，會被殺死也不奇怪。」

記載央大地建國神話的《古央記》，收錄了從央大地出現到一原八洲建立的所有神話，其中提到了這件事……

央大地湧出泉水，治央尊把該處當成央大地的中心，取名為龍之原。

「原」的意思是水源，指的是滋潤央大地的源流。從這源頭分出的幾條河川流入大海，這些河川劃分出八個無人居住的洲。

當時有八個人犯下了顛覆龍之原的罪行。

治央尊把這八人趕出龍之原，分別流放到八洲。這八洲依照八人的罪行而命名，這八個罪犯就成了八洲的國主。若是國主贖清了罪過，將來就能再回到龍之原。

這八人犯下的罪行正是龍之原制定的大罪——八虐。

謀反、謀叛、惡逆、不道、不義、大不敬、謀大逆、不孝，總共八項。而八洲分別被命名為反封洲、叛封洲、葦封洲，以及附道洲、附義洲、附敬洲、逆封洲、附孝洲。八洲的人民一直背負著上古的罪名。

因此，從龍之原被流放的人就等於是罪犯。

日織咬緊嘴脣。

「只有我是靠著瞞騙世人而活到今天。雖然很窩囊，但我若像姊姊一樣被人殺死也沒有意義。我能活下來都是靠著姊姊的計謀，我不想讓姊姊的努力化為泡影。我是為了姊姊而窩囊地活下來的，我有我該背負的使命。」

日織相信自己的使命就是要廢除害死姊姊的法令。這也是為了將來不會再有無辜的人被當成罪犯，像姊姊一樣被殺害。

「我不想要屈服於讓姊姊和我被當成『不具備應有能力之人』的命運。」

蘆火看著堅定地如此宣言的日織，沉默了片刻，輕輕點頭說：

「我明白了。」

簡短地回答之後，蘆火站了起來，低頭看著日織。

「我來幫助妳當上皇尊吧。」

這突如其來又出人意料的發言令日織皺起眉頭。

「你在說什麼？」

「我說，我要幫助妳當上皇尊。如果妳坐上皇位，我應該也能得到解脫，所以我會幫妳找出龍鱗。我可是比妳更熟悉龍稜這個地方。」

蘆火露出微笑。

「成為皇尊吧，日織。如妳所願。」

他的語氣似是命令，隨即轉身走向門口。

「等一下！」

日織想要追上去，開了門的蘆火轉過頭來。

「妳最好別穿成那樣跑出去唷。告辭了。」

他朝愕然按住胸口的日織拋來戲謔的一瞥，就閃身離開了。敞開的門口只能看見一片漆黑，外面傳來輕柔的雨聲。

日織呆若木雞，彷彿作了個惡夢。

脖子到胸口接觸到的寒氣令日織冷得發抖，此時她才回過神來，急忙穿上衣褲，整理儀容。

（我的祕密被那個來路不明的人發現了。）

雖然蘆火保證不會說出去，日織還是有點擔心。不過她認為蘆火的保證應該可信，因為他是聽得見龍語的男人——禍皇子，如果他的異類身分被人發現也一樣會沒命，而且他似乎連自己的存在都要瞞著別人。

或許大多數人都不知道有他這個人的存在。

（這種事情有可能嗎？）

龍稜雖然地廣人稀，但是他真的能長年瞞過采女和舍人的耳目嗎？難道常來龍稜的大臣們和皇尊都沒發現嗎？如果是鬼也就罷了，只要是活人都需要吃飯、睡覺的。

日織走到門邊，望向蘆火走進的那片黑暗，她從庭院的苦楝樹之間隱約瞥見了正殿的廊臺。

為了表示宮裡有人，正殿的廊臺直到午夜都會擺著三腳燈臺、點亮燈火。

隔著雨幕看到的庭園一片昏黑，不過隱約可以看見廊臺下方的月草被雨淋得闔起花瓣、垂頭喪氣的模樣。日織稍微抬高視線，發現廊臺的欄杆溼濡而發黑。

廊臺的地板也有一灘黏稠的黑水。

（地板？為什麼？）

廊臺上方有屋簷遮蔽，頂多只有欄杆會被風吹進來的雨水打溼，不可能連地板也溼了，而且地上那灘黑水正在不自然地向四周擴散。

那不是雨水。

日織提著燈，從廊臺走上迴廊，到達正殿的廊臺。

她一看見腳邊那灘黑水就皺起眉頭。看起來像積水，卻不是水。那滲入縫隙、弄髒地板的紅黑色液體是血。

日織單膝跪地仔細查看，頓時聞到鐵鏽的味道。

「這種地方怎麼會……」

分量很多。如果是人的血，此人必定受到致命的重傷。若是動物的血，或許是某人的惡作劇，但感覺似乎太偷懶了，若是惡作劇應該灑得更多，至少要灑在正殿的大門和她居住的東殿。

距離這灘血稍遠的地板也有擦拭過的血跡，痕跡一路延伸到大殿的正前方。

或許正殿的前方還有更多東西。日織一想到這裡，就起身從廊臺繞到殿前的階梯。階梯兩旁都有燈臺，光線很明亮。

階梯上也有擦拭過的黑色血跡。

日織望向階梯下方，發現有個仰躺在地上的人影，腳在階梯上，上半身倒在溼答答的泥土地，那姿勢像是剛要走上階梯就仰天倒下，張開的嘴巴在大雨之中一動也不動。

「叔父……」

日織忍不住叫道。

倒在地上的是山篠皇子，雨水淋在他張開的眼睛上。

山篠胸前的衣服染上一片血漬，但是沒有破洞，也看不到傷口，他的身邊卻落了一把沒有刀鞘的短刀。受到雨水沖刷的刀尖還沾著尚未被洗淨的黏稠血液。

（怎麼會？為什麼山篠叔父會在榆宮……）

看到他泡在雨水中的眼球，日織七歲時看到的宇預屍首又歷歷在目，讓她幾乎嘔吐。倒在草地上的宇預也是像這樣眼球腫脹地望著她。日織蹣跚地退後，背靠在門上，急促地喘息。

驚慌和噁心令她幾乎昏厥。

她好不容易才想到應該叫人來，此時有人叫著「日織」。她朝著聲音轉過頭，看見空露正從迴廊上走向正殿，他的臉上帶著訝異。

「我才剛回來。怎麼了，日織？」

「去叫人來。」

日織下達指令的聲音有些沙啞。

「山篠叔父死了。」

三

日織麻木地看著後來的一陣騷動。如同還在惡夢之中，一切都缺乏了真實感，視野彷彿蒙上一層薄霧。

空露一看到山篠的屍體，立刻跑去大殿把真尾和淡海找來，接著不津也得到舍人的通知抵達，過了一會兒，山篠的幾位侍女也被叫來了。

山篠的侍女們全都嚇壞了，不知該如何是好，不津站出來指揮她們，又使喚舍人把山篠的屍體搬出龍稜，送回他的宮殿。

混亂到了黎明時才結束。日織和不津被叫到大殿。

至此日織總算漸漸恢復了真實感，對這詭異事件的警戒也隨之增強。

（山篠叔父死了，還是死在我的宮殿。）

她強烈懷疑自己被人設計了。

大殿裡有大祇真尾和太政大臣淡海皇子，還有匆匆被找來的左右大臣阿知穗足和造多麻呂。

龍稜的山頂傳來規律的高亢聲響，舍人們正在擊角驅邪。所謂的擊角是以研磨過的公鹿角互相敲擊發出聲響的驅邪儀式。

鹿角的形狀類似龍角。

以類似龍角的物品發出的聲響來驅走邪惡。

聲響伴隨著雨滴從大殿的屋頂落下。敲擊鹿角就代表有凶事發生，所以一聽到角聲就會令人惶恐不安。

格子窗依然關著，主屋裡一片昏暗。燈臺上點著燈火，但油燈碟裡裝的是朱紅色的液體。朱油是在喪葬時用的，火苗的顏色比平時更偏藍色。

帶著藍色的小火苗飄忽不定地搖曳，在所有人的臉上投下陰影。

「聽說山篠殿下死了，到底發生了什麼事？」

右大臣造多麻呂以鎮定的語氣向淡海問道。

「我也不確定發生了什麼事，但他確實死了。」

淡海臉孔扭曲，自言自語似地低聲說道。

「不只皇尊選拔沒有進展，還死了一位人選。」

淡海想必深受打擊，他閉著眼睛，眉頭緊皺，彷彿感到疼痛。聽到淡海答非所問，多麻呂也皺起了眉頭，他把身體往前移，似乎還想問什麼，因此日織代為回答。

「昨晚我發現山篠叔父倒在我居住的楡宮的正殿階梯上，我一眼就看出他已經死了，所以要空露去叫人過來。如果問我發生了什麼事，我只答得出這些。」

「在楡宮？」

穗足撫著濃密的鬍子，目露懷疑地看著日織。

「為什麼山篠殿下會在日織殿下的宮殿？」

「我沒收到山篠叔父來訪的消息，我也想知道他為什麼會倒在那裡。」

「他的死因是？」

「他胸前有血跡，但沒有傷口。」

多麻呂以銳利的視線盯著日織。

「不，有傷口。」

不津打斷了日織的話，把放在身旁的布包移到前方，打開布包，露出一把沾著血跡的短刀。

「我檢查過被送出龍稜的父親屍體，他的胸口有被刀刺傷的痕跡。這把刀掉在他的屍體旁，應該就是凶器。能殺人的刀劍在龍之原並不多。」

「有傷口？衣服不是沒有破嗎，不津？」

日織看過山篠的屍體，只看到胸前的衣服染了血跡，卻沒有看到破洞。

「衣服確實沒破，但我父親的胸口有很深的傷痕。我也不明白為什麼會這樣。」

日織望向不津面前的短刀。

「那是女人用的刀。」

在龍之原裡很少人持有刀劍。這個國家極度缺乏鐵器。人民會使用農具、剪刀、縫衣針、菜刀，但鐵器是貴重物品，物主都會小心保管。刀劍比一般鐵器更稀罕且具有殺傷力，在龍之原只有皇尊和皇子皇女擁有。皇尊直系的子女一出生就會得到皇尊賜下的刀做為防身之用，持有者過世之後，刀就會被熔化，鑄成針或剪刀。

集中了所有人視線的短刀有著白杉材質的纖細刀柄，可以看出是為皇女製作的。

真尾面色凝重地說：

「現在擁有女用短刀的只有悠花皇女。」

日織驚訝地抬頭。

「真的嗎？」

「直到去年為止，我的妹妹還擁有短刀，但她過世之後刀就被熔化了，現在只剩悠花殿下那一把。」

聽到淡海困惑地這麼說，日織搖頭回答：

「就算這是悠花的刀，這件事跟她也沒有關係。」
「你怎麼能如此斷定呢，日織殿下？」
真尾的詢問雖然平靜，卻帶著幾分威嚴，日織重新坐正，堅定地回答：
「不可能是悠花做的。」
「你說這話有什麼根據？」
不津投來了譴責的目光。他的父親被殺害了，他現在鐵定義憤填膺。日織為了安撫他，坦誠地回答：
「因為悠花無法走路。」
在場所有人都露出驚訝的表情。雖然前皇尊一直瞞著悠花的事，但日織認為沒必要隱瞞。如果悠花不希望這件事被人知道，擅自說出來就是冒犯了她，但這種時候日織無法繼續保持沉默。
「刀多半是被人偷走的。我想不到會是誰偷的，我會再向她問問看。如果能查出是誰偷的，就知道是誰殺死山篠叔父了。」
日織站起來說道，其他人都投來懷疑和不安的視線。
「我現在就去找她談，之後會再回來報告。」
如同受到驅邪的角聲所催促，日織帶著空露回到楡宮。
日織讓空露在東殿等著，自己一個人去了北殿。

天空逐漸破曉，迴廊之外隱約可見黑竹纖細的輪廓。

由於上方有岩石遮蓋，北殿及附近的迴廊並沒有淋到雨。從龍稜下方吹來的風令黑竹的葉子發出沙沙的聲音。接連不停的雨聲配上乾燥葉子的摩擦聲極為突兀，就像兩個不同的世界彼此緊貼。

（山篠叔父是什麼時候死的？）

山篠在大殿鬧事後，日織回宮時還沒看到他的身影，直到她換了衣服、蘆火出現以後，她才發現山篠的屍體，所以山篠應該是她待在東殿的期間被殺的。

（蘆火沒看到山篠叔父倒在那裡嗎？）

如果蘆火從外面進入楡宮，不可能沒看到山篠。就算他進來時山篠還不在那裡，他出去時一定會看到。

（難道他發現山篠叔父死了，擔心受到牽連就逃走了？還是說，搞不好就是蘆火……）

日織不敢肯定人不是蘆火殺的。或許是蘆火基於某種理由殺死了來到楡宮的山篠，接著又若無其事地出現在日織面前。

（就算是這樣，還是有些事情無法解釋。山篠叔父的胸口明明有傷，為什麼衣服沒有破洞？）

不管怎麼說，日織都得去找悠花問話。

悠花無法行走，外人很難在不被她察覺的情況下偷走一直放在她身邊的短刀。如此說來，更有可能是某人趁著拜訪悠花的時候趁隙拿走的。

當正殿亂成一團時，喧鬧聲也傳到了悠花居住的北殿。後來有一大群人趕來，悠花的乳母杣屋也跑來問空露「發生了什麼事？」，空露向她簡單敘述了事情經過，還吩咐她「絕對不能讓悠花殿下出什麼意外，請你們待在北殿裡，關好門窗」。

杣屋回去之後，依言關上了北殿所有門窗。之後整個龍稜都響徹著撕裂空氣的角聲，光是這聲音就夠嚇人了。

日織在門外叫道：

「悠花，大清早來打擾真是抱歉，我是日織，我想跟妳談談昨晚的事。」

她應該醒著，門縫透出微弱的光芒。

「悠花。」

過了一會兒，門打開了一條縫，杣屋探出頭來，表情僵硬地說：

「日織殿下，大清早的有什麼事嗎？昨晚的騷動讓悠花殿下受到不小的驚嚇呢。」

「很抱歉，我必須立刻問悠花一些事，否則她會被懷疑的。」

杣屋的眼中露出驚恐，嘴脣顫抖。

「被懷疑？懷疑什麼？」

「那正是我要講的事。總之我得跟悠花說話。」

日織把手伸進門縫，用力推開。杣屋往後踉蹌了幾步。走進去一看，隔簾後方擺著點亮的燈臺，悠花的影子投射到布簾上。北殿也聽得到角聲。

日織快步走到隔簾後。側坐的悠花纐裙柔順地拖在地上。靠在憑几上的她抬起頭來，現在還沒天亮，因此她沒有化妝，但日織在黑暗中和她四目交會，還是覺得她美得驚人。她的豔麗真是令人心折。

但是……

日織突然有一種異樣的感覺。

（這張臉……似乎很像……）

心中的感覺正要化為言語時，日織的脖子突然被勒住。一條細細的東西纏住她的脖子，以猛烈的勁道往後拉緊。頸骨軋軋作響，無法喘氣。日織已經猜到勒住她脖子的是誰，一邊試圖把手指伸進深陷肉中的繩索，一邊轉頭往後看。

喘著氣拚命勒緊繩索的人正是杣屋。

（為什麼是杣屋？）

日織原本不至於對付不了一個老婦人，但她是突然被人從後方襲擊，又被勒得喘不過氣而陷入驚慌，所以無法順利逃脫。

（好難受。）

耳中聽到的角聲漸漸走調。

意識越來越模糊……

糟糕了。

蘆火的聲音傳來。

「住手，杣屋！」

（蘆火？在哪裡？）

勒住脖子的力道沒有減輕。蘆火再次尖銳地喊道：

「妳沒聽見嗎！快住手！」

「不行！他已經在懷疑您了，不能讓他活下去！」

「愚蠢！就算是這樣，現在做什麼也太遲了！」

呼吸突然順暢了。陷入脖子的繩索鬆開，肩膀垮下，日織跪倒在地不停咳嗽。

背後感覺不到殺氣了，杣屋似乎呆立不動。

日織咳到開始嘔吐，難受得眼角泛淚，白絹裙襬飄來她按在地上的雙手前方。

抬頭一看，悠花正低頭望著她。

無法起身的悠花竟站在她的面前。

（悠花……站起來了……？）

意識恍惚的日織連一句「為什麼」都問不出來，只是呆呆地看著悠花。悠花開口說：

「對不起，日織。」

悠花的口中傳出了蘆火的聲音。

日織還沒搞懂自己看到了什麼，就不省人事了。

第五章　欺瞞顯現

一

「醒了嗎？」

日織慢慢睜開眼睛，看到陰暗的天花板和搖曳的影子。被三腳燈臺照出的人影投射在天花板上，搖曳不定。

擊角的聲音已經停了。

日織無意識地移動視線，看見悠花曲起一隻腳坐在旁邊，那美麗的臉龐正盯著她看，兩人四目交會。

「很抱歉，我已經教訓過杣屋了，請妳原諒她。因為我父皇再三命令她要保護我，而且她從我小時候就開始照顧我，只要是跟我有關的事，她就會失去分寸。」

美麗的妻子用蘆火的聲音說話。這簡直像個不好笑的笑話，日織不禁露出苦笑。

「悠花……不，你是蘆火吧。」

「是悠花。我的名字是悠花。我被取了女人的名字，被當成女人養大。我自稱蘆火只是在諷刺自己。」

日織一轉動脖子就覺得刺痛，大概是被勒住時擦傷的。她按著脖子坐起來，一件絹衣從身上滑落。她剛剛躺在地上，大概是蘆火幫她披上了衣服以免著涼。

日織起身直視著悠花，她……他也沉著地看著日織。

（現在仔細一看，我還是不覺得他像男人。）

他用衣襟緊扣的衣服遮住喉嚨，在做任何動作時都用長長的袖子遮住手，而且那副美貌和充滿女人味的儀態給人強烈的印象，巧妙地抹消了男人的氣質，就算如此靠近也看不出他是個男人。

但他只要站起來，光是身高就會引人起疑，聲音也改變不了，所以他才會裝作不能走路也無法說話。

「真是不敢相信。」

「要我脫衣服給妳看嗎？」

他愉快地笑了。

「敬謝不敏。你美女的形象都毀了，真令人失望。」

日織終於明白了一切。

悠花是皇子，而且是聽得見龍語的禍皇子。

（這恐怕才是皇尊不想讓人看見悠花的真正理由。）

日織按著額頭深深嘆氣，忍不住抱怨道：

「先皇尊真會給我找麻煩，竟然叫我娶你為妻。」

先皇尊的孩子只有悠花一人，他一定在孩子剛出生時就發現自己的兒子是禍皇子了。禍皇子在龍之原是忌諱，一生下來就得殺死。先皇尊身為父親，不希望讓自己的兒子面對這種命運，就把皇子取了女性的名字，當作皇女養大，還一直藏著他不讓人看見。

這樣就能解釋為何悠花了解龍稜中的一切，卻沒見過山篠和不津了。他和先皇尊一起住在龍稜，對龍稜的事知之甚詳，但大臣和族裡的人來訪時他一定會躲在宮裡，當然沒機會看到他們的長相。

（想要假裝聽不到龍的聲音，以皇子的身分住在宮裡，是不可能的。他身為皇尊之子，就算不願意也會成為人們注目的焦點。）

聽不見龍語的女子很難假裝聽得見，因為她們總是和身邊的人反應不一樣，難以瞞得過旁人。

同樣地，聽得見龍語的男子也很難假裝聽不見，若是小孩一定會無意識地對龍的聲音表現出反應，就算已是成年人，一不小心就會露出馬腳。日織自己沒有經驗，但她聽說龍的聲音會直接在耳中響起，很難不去理會。

所以先皇尊才會把悠花扮成女性，讓他藏在宮中，這樣就算被人看見他聽見龍語的反應也不會有問題。

當先皇尊臥病在床，知道自己時日無多，一定又擔心又絕望，若是沒有自己護著悠花，他的身分很可能會被人發現。因此才想找人幫他保護悠花，結果就選中了日織。

「因為妳自己也有麻煩，父皇才會要妳娶我吧。」

聽到悠花這句話，日織抬頭問道：

「這話是什麼意思？」

悠花完全不顧美女的形象，在屈起的腿上撐著臉頰說：

「父皇沒有告訴我要妳娶我的事。這也是沒辦法的，因為他臥病在床，身邊一直有真尾或淡海皇子陪著，沒有機會和我單獨說話。妳帶著父皇的遺言來見我時，我非常驚訝，我也不懂為什麼父皇要這樣安排。」

悠花的聲音輕輕地迴盪在主屋中。北殿淋不到雨，所以雨聲很小。

「直到發現了妳的祕密，我才明白。父皇大概猜到妳不是男人，才會把我託付給妳，因為妳即使發現了我的祕密，也一定不會把我當成禍皇子處決。杣屋，妳也這樣覺得吧？」

悠花朝著主屋的陰暗角落說道，待在那邊的杣屋低聲回答：

「我不知道。皇尊的心思不是我們這些下人能知曉的。」

她的聲音很疲憊。悠花對乳母露出關懷之意，但他什麼都沒說，而是向日織低頭道歉。

「妳對杣屋說我受到懷疑，她以為是我的祕密被發現了，才會對妳做出無禮的事。對不起。」

「不用在意。若是同樣的情況發生在我身上，空露也會這麼做的。」

日織摸著喉嚨說道。

「妳說那個護領眾？」

「空露是我從小到大的教育者。知道我祕密的只有他一人。」

「現在又加上了我和杣屋。」

悠花皺起眉頭。

「但我不認同他的做法。他是妳的教育者，又身為護領眾，應該要勸妳打消當上皇尊的念頭才對。這可是關係到妳性命的事，甚至有可能影響龍之原的存亡。」

「換成是我一定會拚了命地阻止悠花殿下。」

杣屋的聲音從暗處傳來，語帶責備。日織苦笑著說：

「空露確實和杣屋不一樣。正是因為我企圖當上皇尊，他才會保護我。他也知道這事關乎我的安危和龍之原的存亡。」

空露不光是為了保護日織，而是因為他和日織有同樣的心願，才會願意當她的共謀。

「妳知道他是這種人，還把他留在身邊？太離譜了。妳不愛惜自己的生命嗎？」

「不愛惜。」

聽到日織的回答，悠花睜大了美麗的眼睛。

「我看著姊姊宇預和無數遊子死於非命，卻什麼都沒做，二十年來一直袖手旁觀。明知今後還會有遊子被殺死，我卻沒去救她們，也沒幫助她們逃跑。空露一直告誡我，如果做了那種事而惹禍上身，就等於是放棄了廢除遊子驅逐令的機會，所以我聽從他的話，結果只是讓我變成一個期盼著當上皇尊、卻對一切坐視不管的膽小鬼。我欺騙了周遭人，又實現不了心願，只是一直懦弱地躲藏。這種生命有什麼好愛惜的？」

日織一臉厭惡地說完，看見門縫透進亮光。天似乎亮了。若是再拖下去，在大殿裡的不津和大臣們一定會等得不耐煩。

「悠花，我有很多事想問你，但我得先確認一件事，並且回大殿向他們報告。」

「妳要確認什麼事？」

「你知道山篠叔父死在榆宮正殿的事吧？」

「杣屋從空露那裡聽說了。」

「山篠叔父是被皇女的短刀殺死的。悠花，那應該是你的刀。」

「為什麼會是我？」

「現在擁有短刀的皇女只有你一個。你的刀放在哪裡？」

「原來是這樣……很遺憾，刀不在我的手邊。來到龍稜之後，刀不知何時就消失了。」

「真的嗎？」

「妳以為我用自己的短刀殺了山篠皇子嗎？就算我要殺他，也不會用這麼愚蠢的方法。而且我根本沒去過正殿，昨晚我除了自己的北殿之外就只去過妳的東殿，我連山篠皇子死在正殿的事都不知道。」

「你想得到誰有可能偷了你的短刀嗎？」

「我常常換上護領眾的衣服溜出去，但杣屋一直待在主屋，別人沒機會進來偷東西，所以短刀消失之後我也沒發現遭竊，只覺得是不小心丟到哪裡去了。沒錯吧，杣屋？」

「是的，我一直待在主屋裡，這裡沒有一刻是空著的。」

日織不認為他們在說謊。

假使悠花和杣屋有殺害山篠的動機，必須低調生活的悠花也不可能在自己的宮殿裡用自己的刀殺死他。如果是他做的，一定會做得更高明。

「我知道了。我要先回大殿報告，之後再來找你。」

日織一站起來，杣屋就立刻屈身開門。日織在門口回頭一看，看見擁有美女外表卻粗魯地屈膝而坐的人。

「我的妻子到哪去了？」

她忍不住說道，悠花隨即側身而坐，靠在憑几上，優雅地默默微笑。

「扮得真好。佩服佩服。」

「那些大臣們光聽妳的說詞就會接受嗎？」

有著美麗臉孔的悠花低聲問道。

「我也不知道。我有提到你不能說話也不能走路，他們也只能接受吧。」

「光聽妳這麼說，大臣們和父親被殺的不津王真的會相信嗎？他們都沒有見過我，現在我有嫌疑，他們一定更懷疑我這個從不現身的皇女。再說山篠皇子正在和妳競爭皇位，卻被妳妻子的刀殺死，搞不好連妳也會遭到懷疑。」

「或許吧，但是我又能怎麼做？」

「帶我一起去大殿吧。」

「悠花殿下！」

杣屋哀號似地叫道。

「您在說什麼啊？您怎麼可以出去見人，而且還是去見那些大臣？」
「若要洗清我的嫌疑，直接把我不能說話和走路的樣子展現在大臣們面前應該更有效。妳不這麼想嗎？」
「我不這麼想。千萬不可。」
「日織，妳怎麼說？」
悠花像是覺得很有趣，面帶微笑地問道。
（悠花恐怕已經忍耐到極限了。）
日織從他的眼中可以感覺到他對自身處境的鬱悶，以及即將爆發的焦躁。他從懂事以來就被當成女性關在深閨之中，避人耳目地生活，若他個性膽小、體格虛弱，或許還能這樣過完一生，但悠花並不是這種人，他擁有健康的身體和勇敢的精神，鐵定會鬱悶到想把綑綁自己的一切全部撕裂。
就是因為這樣，他才會換上護領眾的打扮到處跑？
悠花想以皇女的身分出現在眾人面前是為了與命運抗爭。日織可以理解他的心情。
（悠花最好避免任何有可能暴露身分的場合。但是正如他所說，光憑我的一面之詞，不津和淡海叔祖父不見得會相信悠花的短刀是被人偷走的，說不定還會要求直接向悠花求證。若是如此，她主動露面還更能得到信任。）

日織點點頭。

「一旦看到美麗皇女的柔弱姿態，他們就不會再懷疑了。我覺得你應該去。」

杣屋哀求似地看著日織。

「日織殿下，這樣會讓悠花殿下陷入危險的……」

「杣屋，為了洗清悠花的嫌疑，這一趟非去不可。我要帶悠花一起去。可以讓空露把悠花抱到大殿。他現在應該在東殿，妳去叫他過來。」

「您要讓空露大人知道悠花殿下的事？」

「妳不是也從悠花那裡聽到我的祕密嗎？如果我的教育者不知道悠花的事就太不公平了。我們雙方都是藏了祕密的人。」

杣屋垮下肩膀，無力地點頭，去東殿叫空露了。

跟杣屋一起回來的空露看到悠花站著對他說「勞煩你送我去大殿」，愕然得說不出話。日織向空露解釋，他以神職者的沉著態度聽完之後，重重地嘆一口氣，簡潔地回答「我明白了」。

空露抱起悠花，跟著日織走出榆宮，杣屋也隨侍在後。

悠花被黑衣護領眾抱著、雙手環住他脖子的模樣，只能用楚楚可憐來形容。空露行走時，悠花在他的耳邊輕聲問道：

「空露，我不重嗎？」

「怎麼可能不重？反正護領眾本來就要刻苦鍛鍊，重一點還是扛得動。倒是你別再開口了。」

空露的語氣很不高興。日織轉過頭來，看到空露難得擺出一副苦瓜臉，不禁苦笑。

（光是我的事就夠他煩了，現在又加上悠花，他一定很頭痛吧。）

空露看到日織的表情，含蓄地瞪了她一眼。日織明白空露的意思，他是在暗示之後要再好好討論該怎麼處置這些人才有助於達成己方的目的。

「快到大殿了。悠花，你要扮好纖細脆弱又美麗的完美皇女。」

聽了這句話，悠花就露出優雅的微笑點點頭。

（不過刀究竟是被誰偷走的？）

走上大殿的階梯時，日織又想到了這個問題。

（如果悠花和杣屋說的是真話，那把刀是在一直有人待著的地方被偷走的，只能趁著在場的人不注意的時候下手。這麼說來……）

抱著悠花的空露和杣屋也跟著走上階梯。

（偷走短刀的應該是能光明正大去看悠花的人。）

會去看悠花的只有日織、空露、月白，以及乳母大路這四人，可是日織沒有殺害山篠，其他三人也沒有理由對他下手。

「日織皇子殿下到。」

站在門邊的采女向裡面通報。聽到這個聲音，日織趕緊甩開偷刀之人的事，告誡自己要先處理好眼前的問題。

（嫁給遊子的禍皇子要公開露面了。）

她在心中諷刺地想著。

（我們真是一對奇怪到可笑的夫妻。）

日織走進了大殿。

二

在場所有人一看到悠花都吃驚地屏息。大殿裡一片寂靜，殿後瀑布的水聲格外響亮。

正前方是擺著遷轉透黑箱的寶案，右邊是太政大臣淡海皇子和大祇真尾，左邊是左右大臣——阿知穗足和造多麻呂。不津王的座位跟他們隔了一段距離。

日織在遠離他們的地方背對門口坐下。空露在她的身旁將悠花放下，而後退到門邊。杣屋也跟在空露身旁。

悠花一副站不穩的樣子，挽著日織的手，靠在她身上。

（這演技真是出神入化。）

悠花貌似艱辛地彎著身子攀住日織，這姿勢讓他的體型看起來更嬌小。日織朝他望去，兩人四目交會，悠花眨了幾次的眼中透露著不安。這當然是演出來的。

「讓各位久等了，真是抱歉。」

日織先開口打招呼，淡海一臉緊張地問道：

「無妨。這位就是……」

「是的。這是先皇尊的女兒，我的妻子，悠花。」

眾人同時發出小聲的驚嘆，各自向悠花行禮。最快抬起頭的不津一直眼神尖銳地打量悠花。悠花垂下眼簾。

「我的妻子從出生就不會說話，所以由我代為說明。我妻子的防身短刀在剛到龍陵不久時就被人偷走了。殺害山篠叔父的很可能是我妻子的刀，但這件事應該是偷走刀的人做的。」

「我們真的能相信刀是被偷走的嗎？」

造多麻呂嚴厲地問道，還懷疑地瞥了悠花一眼。

「多麻呂，你是說我的妻子不能相信嗎？」

「我沒有說她不能相信，但日織殿下和山篠殿下正在競爭皇位，殺害他的凶器卻是『日織殿下妻子被人偷走的刀』。這件凶案似乎對日織殿下有利吧？」

日織心想「果然來了」，暗自嚴陣以待。山篠在日織居住的榆宮裡被悠花的刀殺死，別人自然會懷疑日織。

就算這是顯而易見的嫁禍，日織還是會頭一個遭到懷疑。

「你想說這正是我夢寐以求的結果嗎……」

日織諷刺地說道，此時悠花輕輕握住她的手。

（悠花？）

日織收到暗示，朝悠花望去。悠花抬起視線，輕輕點頭，然後對背後的杣屋使了個眼色，杣屋立刻拿來紙筆。

悠花用柔媚的女性字跡寫了一行字，拿起來給大家看。

『因為我不能說話，只能用這種方法，請各位見諒。』

確認所有人的視線都集中在自己身上以後，悠花又繼續寫字。

隔著袖子拿起紙張的悠花眼中有著比平時更明亮的光輝，卻噙著淚水。

『大家或許會懷疑日織殿下和我，但我們若真想這樣做，怎麼會用如此引人起疑的方式？日織殿下正在競逐皇位，應該更加謹慎才是。在皇尊居所龍稜殺人是大不敬之罪，屬於八虐之一，若是犯下八虐就無法得到皇位，還會被逐出龍之原。』

八虐是龍之原制定的八條大罪，若是犯了其中一條，不管有任何理由都要遭到問罪，就算判得再輕，至少也會被逐出龍之原。

大不敬是蔑視皇尊或祈社的罪行，屬於八虐之一。雖然比弒君的謀反罪輕微，但仍舊是八虐。

『此外』

接下來的字句讓所有人都露出驚恐的表情。

『我的父皇不會挑一個為了皇位不惜殺人、用血玷汙龍稜的人當我的丈夫。若是懷疑日織殿下，就等於是侮辱我的父皇。』

眾人好一陣子都沒開口，只是靜靜地看著悠花寫的字。

悠花的膽識和冷靜讓日織不禁咂舌。他知道自己的外表和地位足以震懾眾人，才會表現出這種態度。雖然他眼中含淚，但他一定是在演戲。那個果敢好鬥的青年才不會為這點小事掉淚。

光是搬出已逝皇尊的權威和名譽，恐怕還占不了便宜，但悠花深知自己的外貌是多麼楚楚動人，剛失去父皇的皇女堅強露面、含淚傾訴的模樣，必定能博得眾人的尊敬。

「失禮了，悠花殿下。」

多麻呂雙手扶地。

悠花輕輕搖頭，一臉疲憊地擱下筆，垂著眼簾靠在日織的手臂上，像是強忍著淚水。

（太厲害了，悠花。）

日織安慰似地摸摸悠花的手，在他的耳邊輕聲說道：

「了不起。」

悠花仍然低著頭，用指尖戲謔地輕敲日織的手背。日織彷彿聽到他在心底自豪地回答「帶我來果然沒錯吧」。

大臣們都被悠花的柔弱和堅強深深打動，一副不敢冒犯的樣子，只有不津的神情不一樣，他眼神銳利，彷彿不肯放過任何一點跡象。不津和日織對上視線，露出嘲諷的微笑說：

「正如悠花所說，如果這是你們做的，應該會做得更高明，而且你們殺死我父親也得不到好處，如果是為了競爭皇位，應該要先殺我才對。」

日織聽到這句話就放心了，但她的表情恐怕洩漏了心中想法。不津點點頭，彷彿在說「放心吧」，但又像個發現獵物的獵人一樣眼睛發亮，令日織看得心驚肉跳。雖然不津承認日織和悠花說得有理，但他並沒有像大臣們一樣完全被悠花說服。

不津在想什麼呢？日織還沒看穿他的心思，他就轉向大臣們，正氣凜然、語氣果決地說：

「我想找出殺害我父親的人。希望大祇、太政大臣，以及左右大臣允許我搜查凶手，讓龍稜之內所有的采女和舍人提供協助，並且容許我自由出入所有地方。」

「看來只能答應了。真尾和左右大臣意下如何？」

淡海的白皙臉孔轉向其他三位大臣，他們都用力地點頭。

「承蒙各位的支持。」

不津的嘴角滿意地揚起。日織看到他這種表情，頓時有種後頸發麻的感覺。

（他總不會為了更順利地找尋龍鱗而殺害自己的父親吧？）

如果能在龍稜到處自由進出，一定有助於找尋龍鱗。現在不津可以使喚所有舍人和采女，只要他想，甚至可以擅自進入日織居住的楡宮。

日織不願把不津想成一個為了皇位不惜殺害父親的冷血之人，但又無法抹消疑心，畢竟他打從心底看不起自己的父親山篠。

「龍發了怒，山篠皇子遇害，情況變得越來越糟了。說到底，用這種史無前例的方式選拔皇尊真的好嗎？就算遵守皇尊的遺言，若是因此威脅到龍之原的安寧，那就是本末倒置了。我們大臣和大祇的存在，不就是為了兼顧皇尊的遺志和龍之原的安寧，做出最好的判斷嗎？」

阿知穗足撫著濃密的鬍鬚，朝不津投去意味深長的一瞥。他是不津的岳父，這一定是他們事先商量好的。不津立刻探出上身說：

「我也同意岳父大人的意見。淡海叔祖父、真尾、多麻呂，你們真的想要拖到八十一天嗎？請你們說清楚。再過五十天左右，殯雨就會引起災難，你們打算維持這種特殊的選拔方式到那一天嗎？」

（他果然出手了。）

日織感覺自己的表情變僵。

（現在得先冷靜地觀察情況，不能亂了陣腳。）

日織很想表達繼續找尋龍鱗的意願，但若一味地堅持己見，等於是在宣示自己對皇位的執著，大家恐怕又會開始懷疑是她殺了山篠。

「站在祭祀龍之眷屬、從旁協助皇尊、守護龍之原安寧的大祇立場來看，若是不津大人或日織殿下能找到龍鱗，那當然是最好。」

真尾輕輕整理黑衣的袖子，端正姿勢說道，眼睛朝不津和日織望去。

「但這次的選拔方式沒有前例，過了八十一天都選不出皇尊也是有可能的，或許龍就是為此才憤怒地現身催促『快點』。既然太政大臣淡海殿下也如此提議，那就把期限設在八十一天的一半，也就是四十天。若是到時還沒找到龍鱗，就得考慮依照慣例由皇尊一族和大臣來推舉了。」

（四十天！）

日織感到愕然。

皇尊駕崩至今已經過了三十天，如果期限是四十天，剩下的時間就只有十天了。

（只剩十天。只有短短的十天……）

這未免太倉促了。

「此言甚是。」

穗足滿意地點頭，不津也跟著點頭。真尾看見多麻呂皺起眉頭，就問道：

「右大臣造多麻呂大人，你不同意嗎？」

「身為臣子怎能擅自改變皇尊的遺言呢？」

聽到這責備的發言，穗足板著臉說：

「這不是我們自己的意思，多麻呂，是因為龍現身於龍稜，憤怒地催促我們。」

「穗足大人怎能確定龍發怒是為了皇尊選拔的事？」

多麻呂毫不退縮地反駁，接著又說：

「說不定龍是在對這裡的某個人生氣。如果龍的意思是『不要拖拖拉拉，快點找出龍鱗』，我們改回以往的方式來選拔皇尊，恐怕會使龍更憤怒吧？若是因此選錯皇尊，便無法繼續鎮守地大神了，這麼一來不只是龍之原，整片央大地都會……」

「不可能選錯皇尊的。只要是我們一族的人，誰都可以擔任皇尊。」

不津像是要打斷多麻呂的話，振振有詞地說道。

不津這句話讓多麻呂和穗足都睜大眼睛，淡海和真尾則是滿面愁容。

日織看不到背後的空露和杣屋是何表情，但他們一個是神職者，一個是族裡的女性，表情想必也跟她差不多。

不津所說的事，神職者和族人多少都有想過，只是沒人敢說。能爽快說出這種話的不津或許真能成為一個勇於顛覆舊習的皇尊。

聽到不津如此大膽的發言，日織卻無心思考，她滿腦子想的都是「十天」這句話。

「我們皇尊一族是以血統來鎮守地大神，只要是族裡的男人都有資格當皇尊。但是之前有過禍皇子在龍道被燒死的特例，那應該是血統特殊所致。禍皇子雖生於族內，卻不屬於這一族，因為禍皇子和遊子都是異於常人的存在。」

不津說只要是族內的男人都可以當皇尊，日織也這麼認為。她甚至認為皇位無關於性別，連族內的女人也能當皇尊。

不過神在選擇皇尊時或許會把男女視為不同的生物，這點也只能去問神了。要得到答案很簡單，只要入道就行了。若是進了龍道又平安出來，就表示神認可此人有資格當皇尊，照這樣看來，說不定連杣屋和大路都能成為皇尊。

不過，要進龍道尋求答案，必須賭上性命……

總之最重要的是血統。既然關鍵是血統，當然是越純正越好，因此皇尊人選都是從皇子或王挑出來的。

不津和日織思想上的最大差異，就是對禍皇子和遊子的看法。

如果成為皇尊的關鍵在於血統，跟能力就沒有關係了。日織無法苟同不津把能力和血統牽扯在一起。她和這男人的基本觀念相差太大了。

是日織想得對？還是不津想的才對？只要日織進入龍道就能得到解答。

被不津那番言論引起的不悅，以及盤旋在腦海的「十天」，令日織有些暈眩。

「竟然說誰都可以……」

多麻呂露出憤怒的神色，但對方是不津王，他不敢直接發作。多麻呂對皇尊一族敬畏有加，龍之原一般人民的心態也是如此。龍之原的人民都信奉地龍信仰，在他們的眼中，和地龍有直接關聯的皇尊就跟神一樣。龍之原的居民與其說是子民，更像是信徒。

不過在場四位大臣之中的三人立場和皇尊比較接近，不會像多麻呂那麼猶豫。

淡海白皙的臉孔依次望向在場所有人。

「再十天。如何？如果不津和日織十天之內沒有找到龍鱗，就用往常的方式來選皇尊吧。若是十天之後更換方法，我們還剩四十一天的時間，以往常的選拔方式來看都有點倉促了。」

眾人紛紛小聲回答「就這麼做吧」，淡海老邁而混濁的眼睛望向日織。

「可以嗎，日織？」

「我……」

日織盯著白杉地板，不知該怎麼回答。

（要怎麼決定，我才不會趨於劣勢？）

她暗自握緊拳頭。

（我絕不能錯失這個機會！）

日織在心中嘶喊，此時悠花隔著袖子握住她的手。

日織驚訝地望向悠花，他看著日織，輕輕點頭。悠花用眼神表示「反對也無濟於事」。日織點頭表示明白。

（悠花……）

看到他完美地瞞過眾人的外貌，令日織稍微鎮定下來。這美貌的欺瞞就像在告訴日織，這裡還有一個為了保命而不擇手段的人，不管環境如何改變，一旦失去冷靜就是在自取滅亡，千萬不要蠢到害死自己。

日織重重嘆氣，抬頭說道：

「雖然我很想尊重皇尊的遺志，但若非得這樣不可，那也只能這樣了。」

悠花再次握緊她的手，像是在說「這樣就好」。

悠花曾經要日織當上皇尊，還說他會幫忙找尋龍鱗。既然他認為「這樣就好」，或許她依然有勝算。

還是說，反正她也無力改變現狀，所以只能全盤接受呢？

三

日織和不津被請出大殿，淡海、真尾、穗足、多麻呂四人繼續留在大殿討論十天後的選拔方式。

悠花再次被空露抱起，領著杣屋走出屋外。日織正要跟著他們走下廊臺時，後方傳來不津低沉的聲音：

「等一下。」

這句話不知道是對誰說的，所以空露、杣屋，以及跟在後面的日織都停下腳步，轉過頭去。

「找我有事嗎？」

看到不津走過來，日織問道。他面帶微笑地說：

「我要找的是悠花。」

站在日織身邊的不津轉向空露抱著的悠花，臉上的笑意更深了。

「雖然我們沒見過面，但妳是我的堂妹，我得正式向妳打個招呼才行。」

這確實很像善於交際的不津會說的話。接著不津又向前一步，靠近空露抱著的悠花。

「我是妳的堂兄，悠花。希望我們今後能好好相處。」

悠花露出柔和的笑容，氣氛立刻輕鬆起來。但不津的眼中發出寒光，他猛然伸手，隔著纈裙抓住悠花的腳。

「你在做什麼！」

空露立刻轉身甩開不津的手，日織也衝上去抓住他的手腕。

「你想幹麼！不津！」

不津被抓住手腕也不抵抗，而是一臉輕鬆地看著滿面怒容的日織。

「喔喔，抱歉，我的腳底滑了一下。」

「滑了一下？」

這話一聽就像藉口，但日織知道即使追究下去，不津還是會堅稱只是「滑了一下」。

（他想做什麼？）

日織不認為不津這種舉動只是為了惡作劇或調戲，證據就是杣屋驚慌地看著悠花，問道「悠花殿下，您沒事吧？」，以及悠花臉色僵硬地點頭表示「沒事」，隨即瞇起眼睛，興致盎然地望向不津。

雖然不知道他這個動作有什麼企圖，總之得先讓他遠離悠花。日織很快地做出判斷。

「空露，杣屋，你們先送悠花回去。」

聽到日織下令，空露馬上回答「遵命」，轉身快步離去。杣屋也跟在旁邊，緊張地向悠花說話。

看到他們消失在迴廊轉角後，不津才把視線轉回日織身上。

「我的手已經摸不到悠花了喔，日織。看到妻子被摸讓你這麼生氣啊？你真是愛護妻子呢。」

日織聽到不津把自己說得像是愛吃醋的小毛頭，就粗魯地甩開他的手。

「我沒理由被一個亂摸別人妻子的男人嘲笑。」

「我不是在嘲笑你，我也不是故意亂摸你的妻子。我不是說了嗎？只是滑了一下。我也不是不明白你的心情啦，那麼美麗的女人，就算不能說話不能走路，還是有很多男人想要的。」

他審視地盯著日織。

「為什麼前皇尊要把悠花託付給你這個不愛跟人往來、個性孤僻的人呢？選我不是更好嗎？就算不選我，其他人看到悠花的外貌也一定願意娶她。」

「我哪知道。或許皇尊在病榻上思量再三，才決定從悠花的堂兄弟之中選一個妻子比較少的人。你已經有三位妻子了。」

「有這麼簡單嗎？我倒是想到了其他理由。」

「什麼理由？」

不津沒有回答，反而提起另一件事。

「日織，你似乎很同情與理賣呢。」

突然聽到這句話，日織有些愕然，但她努力隱藏自己的驚慌，反而緩緩地整理衣襬，抬頭看著不津說：

「因為我不是看到孩子哭泣也無動於衷的冷酷之人。」

「只是這樣嗎？我後來在祈社聽說，你似乎很仰慕身為遊子的姊姊宇預皇女。護領眾之中的老人說宇預待在祈社的時候，你幾乎每天都會去看她。你是因為小時候太仰慕姊姊，才會對遊子感到格外親近吧？」

日織不禁後悔地想著，空露說得果然沒錯。都是因為她在不津面前幫遊子說話，還表現出一副慷慨激昂的樣子，才會引起他的懷疑。

（該不會被他發現了吧？）

兩人瞪著彼此好一陣子。先開口的是日織。

「所以呢？你到底想說什麼？」

「我有很多話想說，不過為了你還是別說比較好。但你必須放棄皇尊寶座，立刻離開龍稜。」

「辦不到。我也想要皇尊寶座。」

不津一臉不屑地笑了，貌似同情地輕輕搖頭。

「反正你是贏不過我的。我們已經花了這麼多天找尋龍鱗，結果連線索都沒找到。聽說你去過祈社調查書卷，應該也沒找到任何收穫吧？無論是護領眾，還是長年在龍稜侍奉的舍人和采女，沒有人知道關於龍鱗的事。十天之內找到龍鱗的希望太渺茫了，皇尊選拔八成會像以往一樣靠大臣和族人推舉。你以為自己到時能比我得到更多支持嗎？」

不津說得一點都沒錯。日織的心情已經很絕望了，這番話就像一記重拳揮在她身上，讓她虛弱得幾乎當場癱倒。

但日織不肯輕易認輸。她不想輸給命運。

「只要十天之內找出龍鱗就好了。我一定會找到的。」

日織既無根據也無自信，但她非得這麼說不可，否則就會頹靡不振。

「你不離開龍稜的話，那我就得公開你的祕密喔。我實在不願意羞辱你，才會先來跟你談。」

日織倒吸一口氣。

說到祕密，她能想到的事只有一件，那就是她身為女人又是遊子的事。

（沒有人知道那件事。祕密不可能洩漏出去的。可是不津這番話……他應該還不確定，只是察覺到什麼了。）

日織雖然驚恐，但仍命令自己冷靜下來。

（就算不津真的發覺了我的祕密，也不會如此體貼地私下勸退我。想必是因為還不能確定。）

依照不津積極進取的個性來看，如果他握有證據，一定會毫不猶豫地公開，把日織踢出皇尊選拔。這個男人雖不會毫無理由地做出殘酷的事，但是為了自己的期望和野心，他有足夠的膽識和果斷能狠下心來。

不津沒有證據，也沒有如此推論的依據，所以才會私下跑來威脅她。日織做出了這個結論。

日織面露微笑。雖然她不知道自己是否表現出游刃有餘，但還是揚起嘴角。

「我沒有什麼祕密。」

不津的虛張聲勢和日織的膽識互相較勁。

隨風飛來的細雨落在兩人的肩上，但他們還是心無旁騖地緊盯著彼此。

強風從大殿的廊臺沿著絕壁吹過來，彷彿能輕易地把人推出欄杆、拋到半空。

護領山佇立在遠方，鄉里的景色也因雨幕遮蔽而模糊不清，只有天空依然遼闊。密布於龍稜上方的低垂厚重灰色雲層又湧出雲朵，湧出的雲吞噬了其他的雲，接著又被其他的雲吞噬，如同互相吞噬一般彼此推擠攪動。

在互相啃食的雨雲後方，優遊白龍的細細身影若隱若現。

「既然你這麼說，那我也不用再顧慮了。這樣真的沒關係嗎？」

「我也不期待你會顧慮我什麼。」

日織颯然轉身。

她有些害怕。不津為了揭穿她的祕密，一定會毫不留情地發動攻勢。

（他會使出什麼計謀？偷摸悠花也是為了計謀嗎？）

日織神情凝重地快步走出迴廊，在榆宮附近追上了空露、悠花和杣屋。他們大概是擔心日織，刻意放慢了腳步。

空露察覺到追上來的日織表情不對勁，就直截了當地問：

「日織，發生什麼事了？剛才不津王的舉動是……」

「我不知道不津為什麼偷摸悠花。但他叫我放棄皇位，離開龍稜，還說他知道我的祕密。」

空露、悠花和杣屋三人的表情同時僵住。

「說到我的祕密，我只想得到一件事。」

「不津王發現了嗎？」

空露的聲音微微地顫抖。

「但他沒有當眾揭穿我，而是跑來跟我說他知道我的祕密，叫我自己退出，想必他沒有證據，頂多只是隱約察覺到了什麼。」

「就算只是隱約察覺也很不妙了。」

悠花看著憂心的空露，調侃似地說道：

「別擔心，空露。就算不知道不津發現了什麼、摸我的腳是為什麼，都無所謂。既然他沒有證據，我們繼續隱瞞下去就好了。」

空露不悅地瞪著悠花。

「說得這麼簡單。」

「本來就很簡單，反正繼續一口咬定就是了。要是行不通也只能認了，不過那樣跟現在有什麼差別嗎？沒有吧。」

日織看到悠花如此頑強，心中的愕然還多過敬佩。

「你真強悍。」

聽到日織脫口而出的感想，悠花微微一笑。

「我只是鬱悶到自暴自棄才會這麼灑脫。」

「只要再守住我的祕密十天就好了。如果在這段時間找到龍鱗，我就能實現心願了。但是……只剩短短十天，該怎麼辦呢？等到十天之後更換選拔方法，我就沒有勝算了。悠花，你有關於龍鱗的線索嗎？」

「沒有。」

他回答得很乾脆。

「大臣提議變更選拔方法時，你不是暗示我答應嗎？」

「當然啊，當時妳就算反對，結果也不會改變，只會讓大臣和大祇對妳印象變差，而且不能再讓皇位繼續空懸也是事實。若十天之後依然找不到龍鱗，皇尊選拔改回以往的方式，妳除了乖乖接受之外也沒有其他方法。」

相較於日織的失望和憂心，悠花倒是很看得開。

回到榆宮後，日織和悠花分別，回到了東殿。

日織的祕密被不津發覺，再加上十天之內沒找到龍鱗就會失去等待了二十年的機會，讓空露變得氣急敗壞。

跟悠花分開以後，他就不斷抱怨「悠花殿下太不正經了」、「像是在開玩笑」之類的話，甚至還說「如果死的不是山篠而是不津就好了」。

日織靠在憑几上，呆呆聽著空露口無遮攔的發言。

平時的她至少會揶揄一句「太老實也不是好事」，但是她從昨天到現在一再受到重大打擊，連回嘴的力氣都沒了。

悠花就是自稱蘆火的禍皇子，還被他發現了自己隱藏的女兒身，光是這樣就讓日織很震驚了。接著山篠又死在榆宮，更雪上加霜的是，大臣們決定十天後要更換皇尊選拔的方式。

不津發現她的祕密是其中最嚴重的一件。

接二連三的打擊，讓日織心裡有些麻木，腦袋也是一片混亂。她昨夜幾乎整晚沒睡，現在真的很想休息。

雖然該思考的事很多，但她實在撐不住，一躺下就立刻睡著了。

再醒來時已是傍晚。

空露端來了晚餐，但日織提不起食慾，只是盯著飯菜。

黑漆餐盤上放著三個小陶盤，分別裝了豆子、甘煮小魚、涼拌蕨菜，此外還有一碗湯和一碗飯。

早餐和晚餐都是現在沒有主人的皇尊居所——大櫻宮——的廚房做的，由采女送過來。

悠花應該也在吃晚餐了吧。

悠花……自己真是娶了一個不得了的妻子呢。

雖然日織還有很多事想問他，不過他不打算揭穿日織，還願意提供協助，她可以暫時放心了。

「還得把居鹿帶來龍稜。」

日織夾起豆子放進嘴裡，一邊喃喃說道。現在局面如此危急，她卻突然想起這件事。空露一臉受不了地說；

「怎麼了，日織？」

「怎麼了……」

她連吃飯都覺得累，就放下筷子，推開餐盤，將憑几拉過來靠著，按住額頭。

會感到這麼疲憊，一定是因為她的心中已經方寸大亂了。

「可能是事情太多，讓我有些疲憊了。而且……十天。十天內找不到龍鱗的話，我就當不上皇尊了。」

「會找到的。」

空露的語氣還是跟平時一樣，堅定而直接。

「我該怎麼做？已經花了十六天都找不到呢。」

沉默片刻之後，空露甩了甩披肩的短髮，平靜地說道：

「要我動手嗎？」

「動什麼手？」

「對不津王……」

空露不需要說完，日織也聽得出他是什麼意思，立刻嚇得面無血色。

「不行。我不能讓神職者做這種事。」

「如果真的別無他法呢？」

他冰冷的聲音令日織背脊發涼。

「空露……難道殺死山篠叔父的人……」

空露可以光明正大地陪日織一起去悠花居住的北殿，他有機會偷走短刀，而且他正好在山篠被殺的那一晚回到楡宮。說不定他殺了山篠之後暫時離開，又若無其事地回來……

空露瞇起眼睛回答：

「如果我說人是我殺的，您會怎麼做？」

第六章　居鹿

一

日織一時之間不知該怎麼回答。空露從她小時候就以教育者的身分陪在她身邊，宛如哥哥一般，而且他是宇預的初戀對象，又是知道日織祕密、跟她一起抱持著僭越心願的共犯。就算他殺了山篠，日織又怎能把事情公諸於世、讓他接受制裁？

空露沒有等日織回答，隨即說道：

「請放心，山篠殿下不是我殺的。就算我要殺人也會先殺不津王。在我看來，像山篠殿下那種欺凌采女引發騷動的人才不值得讓我出手。聽說淡海殿下和真尾大人已經禁止任何人進出大殿了，由此可見做出這種事只是在給自己找麻煩。」

在爭奪皇位這件事上，殺害山篠的確沒有意義。

（既然如此，他為什麼會被殺呢？是誰做的？而且還是在榆宮……）

更奇怪的是山篠的傷口。

他明明被女用的護身短刀刺傷胸口，衣服卻沒有破洞，所以他應該是在受傷之後換了衣服，但是受了重傷的人哪裡還能悠哉地換衣服？

難道他是死後才被人換了衣服嗎？

若真是如此，幫他換衣服的理由是什麼？

「如果不是你，那山篠叔父是誰殺的？目的是什麼？」

「我不知道。我只顧著除去阻擋在您和我面前的障礙，哪裡會知道寧可自找麻煩都要殺害山篠殿下的人有什麼動機。」

空露的眼睛如少年一般，充滿了專注於目標、心無旁騖的執念。護領眾都是一副淡泊灑脫、心如止水的模樣，但他因為戀人逝去，至今仍保持著專一的心情。

日織也一樣。她對姊姊的仰慕之情依然停留在七歲時的樣子。

因為失去了所愛，感情一直維持原狀。

「山篠殿下和您對決，一定是您能當上皇尊，大臣和族人對您的評價比他更高。若是不津大人和您對決，他在大臣和族人之間比您更有人望，而且他還想找出您的祕密，若是為了您著想，就該解決掉不津大人才對。」

「就算你這麼說……」

山篠的屍首和宇預的屍首浮現在日織的腦海。她不喜歡有人無故喪命，無論對象是親愛的姊姊或愚昧的叔父都一樣。

但日織也懷疑，自己有什麼資格故作清高？或許她只是不想弄髒自己的手罷了。

「您要捨棄二十年來的心願嗎？」

「不可能。」

日織抓緊了自己靠著的憑几。她不會放棄的。怎麼可能放棄。她的心志依然堅定不移，卻不知道該怎麼做。

空露用神職者特有的淡漠表情注視著日織，而後稍微變得柔和。

「您很痛苦嗎？」

日織不明白他的意思，反問道：

「什麼？」

空露沉默片刻，垂下眼簾。

「我有時會懷疑自己是不是在利用您。或許我只是為了排解自己的不甘心，才會慫恿我應該好好教導的您，讓您落到這種處境。」

「你說反了。是我把你拖下水的。」

「就算這是您的期望，我也應該勸諫您，嚴正告誡您避人耳目地生活，免得惹禍上身。」

「那才不是我所期望的，絕對不是。」
「就算不是，我也該這麼做。」
在日織三歲的時候，空露從護領眾之中被選為日織的教育者。教育者最主要的任務是照顧皇子，所以才會選擇一個少年。空露當時大約十二、三歲。
選擇他的是日織的母親和乳母。她們在護領眾之中挑了一個看起來溫柔老實的人帶回來。後來空露經常往返日織居住的宮殿和護領山之間，但他無論待在哪邊，多半都是和日織及宇預一起度過，對她們來說，空露就像一個能讓她們撒嬌、既聰明又穩重的哥哥。
所以空露和宇預會悄悄喜歡上對方也是很自然的事。
日織失去宇預後不願屈服於命運，說出想要反抗神的僭越心願時，空露只是平靜地點頭回答「我知道了」。
空露懷疑自己利用了日織。他和日織一起為了相同的心願而奮鬥，但藏著祕密的是日織，能當皇尊的也是日織，空露自己做不到，或許是因為這樣，他才會懷疑自己是在操控日織。
（空露真是個體貼的人。）
若非如此，宇預也不會愛上他吧。日織露出了笑容。
「我會走到這一步不是因為你的慫恿，而是出自我的心願。你若是想利用我，就儘管利用吧，反正我也會自動地讓你利用。」

「真會說話。您變得成熟了呢。」

空露的嘴角浮現苦笑。他今天的表情特別豐富。

「日織殿下，您在嗎？」

門外傳來月白的聲音。日織回答「我在」，門被推開，月白探進頭來，一雙可愛的圓眼帶著些許的憂慮。

「怎麼了？妳沒叫大路先來看看就直接跑來？」

「我想見您嘛。大路送餐具回廚房，大半天都不回來，我等不下去了。」

「過來吧。」

日織一招手，月白就立刻跑來。她拿著一個小陶杯，仔細一看，有幾朵白色草花和鮮嫩綠葉從杯緣冒出頭來。那是白色的月草。杯裡裝了一點水，月草像是浮在水上。

「這是小禮物。」

月白露出天真的笑容，把陶杯放在地上後坐在日織身邊。

空露貼心地端起日織吃剩的晚餐，默默地走到廊臺。

「妳去摘了月草啊？難怪弄得一身溼。」

她綁著雙髻的頭髮和花朵形狀的淺紅石釵都沾著閃閃發亮的水滴。

「真像個孩子。」

日織笑著輕輕拂去月白髮上的閃亮水珠。

月白居住的西殿前方長了一叢叢開著白花的月草。月草的花通常是青色，只有在這裡是白色的，日織發現了這一點，才會讓月白去住西殿。

白色的月草。很適合做為月白的住所。

日織很高興月白注意到這件事，而月白發現了日織的心思也非常開心，因而拿著月草來找日織。

像鈴蟲展翅一般的兩片白色花瓣從包覆在外的葉子之間探出頭來，猶如充滿好奇心、想要看看外面世界的膽小少女，跟月白有些相像。

「這白色月草很可愛，謝謝妳。妳不冷嗎？衣服也有點溼了呢。」

「沒事的。」

「沒想到妳竟然會一個人跑來。是因為侍女太少，才讓妳覺得寂寞吧。」

他們不能帶太多侍女和女僕來龍稜，在月白身邊服侍的只有大路一個人。皇尊一族的小姐通常至少還要再增加兩位侍女才妥當。月白開朗地笑著搖頭。

「我不寂寞，在自己家的時候我也只讓大路一人待在我身邊。反正我想見您的時候就能過來找您，所以我一點都不寂寞。」

月白用雙手捧起日織放在憑几上的手，把臉頰貼近。日織的視線落在她的脖子和胸口，那健康而富含光澤的頸部肌膚有一處瘀傷。
「我喜歡您，日織殿下。我最喜歡您了。」
月白用臉磨蹭日織的手。如此直接的感情表達方式非常惹人憐愛。真是個可愛的人。
「怎麼突然說起這麼甜蜜的話？」
「因為我真的喜歡您嘛。」
雖然月白這麼說，但日織還是覺得她比平時更黏人。
「妳聽說山篠叔父的事了嗎？」
「是的。」
「讓妳擔心受怕了。」
身邊出現了死人，而且是死於非命，月白一定很害怕、很不安吧。她會這麼黏人地撒嬌，想必也是因為害怕。
「日織殿下，拜託您，請您要一直陪在我身邊，一刻也不要離開我。」
「我盡量。不過我們已經住在同一座宮殿了，妳的願望不是已經實現了嗎？」
「我想要跟您更親近，我想待在您伸手可及的地方，想要一直趴在您的腿上。」
「像貓一樣嗎？」
日織調侃地問道，月白大聲回答「對！」，笑得露出一邊酒窩，抱住日織的腰部。日織對這孩子氣的反應不禁苦笑，摸摸她的背。

（我活下來並不是為了欺騙這麼可愛的人。）

日織利用了月白的天真可愛而娶了她，所以絕對要達成自己的心願、登上皇尊寶座。她混亂而疲倦的心彷彿受到月白溫柔的撫慰，稍微振作起來了。

「謝謝妳，月白。」

月白露出驚訝的表情。

「怎麼了？」

「有妳在身邊陪伴，讓我很開心。」

日織輕輕地笑了，月白一看又緊緊地抱住她。

「日織殿下，打擾了。」

半開的門外出現了杣屋跪地叩頭的身影。

「有什麼事嗎，杣屋？」

月白趕緊坐直身子，不好意思地紅了臉。大概是正在撒嬌時被人撞見而覺得尷尬吧，她調整了一下花形的釵子。

杣屋抬起頭來。

「悠花殿下要我轉告，請您盡快把居鹿帶來。」

「居鹿？我已經答應過她了，當然會帶她來。不過，現在這個時候……」

「悠花殿下說要快一點，最好明天就去。」

「為什麼這麼急？」

「悠花殿下說很想見她。」

十天之內找不到龍鱗就沒指望了，日織不明白悠花為什麼會在這麼緊急的時候做出這種要求。只是任性嗎？還是有什麼用意？日織猜不透悠花的心思，但她沒辦法拒絕，既然已經答應了居鹿，那就得遵守諾言。

「好吧，明天我就叫空露去接她。」

「那我會如實回稟悠花殿下……」

杣屋說到一半，突然慌張地轉頭望向下著雨的天空，那邊只有灰黑色的雲朵緩緩地扭曲流動。

日織和月白看到杣屋的奇怪舉止，不解地互看一眼。

「怎麼了，杣屋？」

杣屋驚恐地把目光轉回來。

「附近有龍。不像之前出現在大殿的龍那麼憤怒，但聽起來還是很不高興。」

月白不安地靠向日織的手臂。

「前皇尊即位時，妳也在他身旁侍奉嗎？」

「是的。」

「在前皇尊即位之前，龍也是這麼不悅嗎？」

「前皇尊在殯雨只下了幾天的時候就即位了，所以沒有龍出現。前前任皇尊即位的情況我也還記得，也是幾天之內的事。在我的記憶中，皇位不曾空懸這麼久。」

「聽起來好像連妳都在教訓我要快一點呢。」

杣屋露出嚴肅的表情。

「若是令殿下感覺受到責備，請您恕罪。我只是希望龍之原早日恢復安穩，以免悠花殿下煩心。」

若是皇位空懸，一切都會動盪不安，忠誠守護悠花的杣屋當然會擔心，怕這些動盪會給主人帶來危險。日織理解她的憂慮，龍那樣焦躁的理由或許也跟她差不多。皇尊是央大地的重要人物，一旦沒了皇尊，整片央大地都會惶恐不安。

「這種事有必要這麼急嗎？」

日織讓杣屋退下以後，就把空露叫來，交代了居鹿的事，空露一臉不悅，但還是答應明天早上就去。他喃喃抱怨著「在這麼緊急的時候……」邊走出主屋，月白擔心地問道：

「日織殿下，居鹿是悠花殿下在祈社的時候很疼愛的遊子是吧？帶她來龍稜真的可以嗎？」

「沒人規定遊子不能來龍稜。」

日織在心中默默想著，我自己也是遊子啊。月白還是一副憂慮的表情。

「這樣會不會讓居鹿覺得不舒服呢？」

「我只是讓空露把她帶來陪伴悠花而已，不用擔心。」

「那就好。」

月白比先前更用力地抱住日織的腰。日織像在摸貓似地摸著月白的背，突然覺得自己好像疏忽了某件重要的事。

（是什麼事呢……）

白色的月草在陶杯中低下了頭。

隔天早上，空露沒等天亮就前往護領山去接居鹿。

日織看著空露出發後，又躺著休息一下，接著去了悠花的住所。現在雖是白天，由於雨勢滂沱，四周還是暗沉沉的，屋內的三腳燈臺點著搖曳的火苗。

北殿的屋頂因為有岩石遮蔽而淋不到雨，不過從門口望出去，庭院東邊有一部分暴露在雨中，庭石像河邊的石頭一樣溼濡發亮。

位於岩石底下的庭院西邊淋不到雨，但近日溼氣還是很重，可能是因為東邊的雨水流過來了。

殯雨一天下得比一天大，等到過了八十一天的一半，雨勢一定會變得更強勁。浸透大地的水在崩毀之前會不斷增加，河川池塘的水位也漸漸逼近邊緣，龍之原各處都快要淹起水了。

大臣們之所以把變更皇尊選拔方法的期限訂在八十一天的一半，就是因為知道殯雨再持續下去會有多可怕。

悠花正在隔簾旁邊靠著憑几，看著攤在桌上的竹簡。他的視線從文字移開，抬起頭來。

「我的丈夫來了呀。」

美女用男人的聲音揶揄地說道，真是令人錯亂。日織把蒲團拉到他身邊坐下，以更加揶揄的語氣說：

「我的妻子真悠閒呢，不但有空看書，還想把疼愛的女孩找來，教她寫字，哪像我還得急著在十天之內找到龍鱗。」

「怎麼？妳在為居鹿的事不高興嗎？」

悠花直起身子，盤腿而坐。美女的形象蕩然無存。

「我可沒打算教她寫字。我把居鹿找來是有用意的，因為我也希望妳能當上皇尊。」

「我倒是不知道你有什麼理由希望我當上皇尊。」

「很簡單。妳當了皇尊就會廢除把遊子送往八洲的法令，在妳的統治下，人們對禍皇子的看法或許有朝一日也會改變。這麼一來，我就不需要可笑地假扮女裝、嫁作人婦了。」

「你討厭以女性的身分生活嗎？」

「就像妳女扮男裝一樣不舒服吧。」

「但你確實扮得很精妙。你在大殿上騙人的時候看起來也挺愉快的。」

「騙人確實挺好玩的。」

悠花毫不愧疚地承認了自己的壞心眼。

「把別人玩弄於股掌之上雖然有趣，但我可不想一輩子扮成女人。所以我希望妳能當上皇尊，為此才要把居鹿找來。」

「居鹿和龍鱗有什麼關係？」

「那女孩很聰明。」

悠花自信十足地投來銳利的一瞥。

「她幾乎把祈社的藏書全看完了，而且都看得懂。她對文字的敏感度很高，說不定她能找到我和妳、甚至是空露這個護領眾都沒注意到的線索。我打算請她幫忙。」

「請居鹿幫忙？」

「當然，不過我們還是要繼續在龍稜中尋找。雖然只是像無頭蒼蠅一樣瞎撞。就算是瞎撞，能做的還是得做。」

只要是能做的就要盡力去做，總是好過坐著不動。

「悠花殿下，日織殿下，空露大人帶居鹿回來了。」

杣屋的聲音從廊臺傳來。

悠花改回側坐姿勢，把手藏到袖子裡，靠在憑几上。

居鹿被杣屋推著，戰戰兢兢地走過來。她穿著淺黃色上衣、棕綠色背子、柳葉色纈裙，雖是妙齡少女，打扮卻很樸素。她看到日織和悠花在屋內，才露出安心的笑容。

「日織殿下，悠花殿下，我來了。」

二

聽完事情經過，居鹿眨了眨眼，露出訝異的表情。

「要我幫忙在十天之內找到龍鱗？如果幫得上忙，我當然很樂意，可是我又做得了什麼呢？」

「我聽悠花說，妳幾乎把祈社的書全看完了。妳記得跟龍鱗及皇尊即位有關的記載嗎？就算不記得，妳至今看過的書中有沒有什麼線索呢？」

像是鼓勵一樣，日織加強語氣說道：

「希望妳能助我一臂之力。悠花相信妳對我們是不可或缺的，所以我們才會急著把妳找來。」

居鹿用慧黠的、黑白分明的漂亮大眼睛望著日織和悠花。她的眼神與其說是疑惑，更像是不敢置信。

居鹿以前提到父母時說過他們不希望她回家，由此可見身為遊子的她是多麼不受重視。她只因聽不見龍語，就被視為一無是處，連她自己都認定自己毫無價值，因而毫無怨言地乖乖在祈社等著八洲國主派人來迎接。

聽到日織說她不可或缺，她一定很驚訝。

「我哪有這麼……」

看到居鹿這慌張的模樣，悠花露出微笑。他鼓勵似地對畏畏縮縮、手足無措的居鹿點頭，像是默默地對她說「妳是不可或缺的」。居鹿抿緊嘴巴，鼓起勇氣，筆直地望著日織。

「只要……只要是我能做到的，我一定幫忙。」

「我不會要妳背負全部責任的，只要做妳能做的就好了。」

「這樣的話……我記得有兩、三本書提到龍稜和皇尊即位的事，但我不太確定。為了慎重起見，我可以再讀一次，或是……」

「我會叫人把書送來龍稜，妳先暫時留在楡宮吧。至於住的地方嘛……」

日織望向悠花尋求意見，悠花把手貼在胸前，大概是在表示「交給我吧」。他似乎很有把握，和居鹿一起住在北殿幾天也不會被她發現自己是男兒身。

「妳就住在悠花這裡吧。」

居鹿開心地轉頭望向悠花，此時遠處迴廊傳來空露緊張的聲音。

「請別這樣！這裡是日織皇子殿下的住所，即使是您也不能不經過日織殿下許可就擅自闖入！」

接著傳來的是不津低沉的聲音。

「怎麼不能？大臣們已經許可，為了查出殺害我父親山篠皇子的凶手，我可以自由進出龍稜的每個地方。」

「可是……」

「你讓開。」

日織直起身子。

「是不津？」

聽到不津的名字，居鹿就渾身一顫。外面傳來杣屋哀號般的聲音。

「這裡是悠花殿下的住所，請您不要亂來。」

「我沒有亂來，只不過是來打個招呼。」

「您這麼說……」

不津像是要嚇唬不停後退的杣屋，跨著大步走到廊臺，視線掃向屋內。臉上露出相信自己占了上風的人特有的傲然笑容。

「日織，悠花，打擾了。喔？那位是……」

不津的視線盯著居鹿，居鹿立刻像兔子一樣跳起，跑向屋子的西側，從敞開的門溜到廊臺上。她這突如其來的舉動令日織和悠花都呆住了，不津面露苦笑，走進屋內。

令人驚訝的是不津並非單獨一人，他身後還跟著三位女子，一個是板著臉的削瘦女人，另外兩人的長相如同一個模子刻出來的，她們是雙胞胎。日織一看到雙胞胎就猜到，那三人必定是不津的妻子。

削瘦女人是以舞藝聞名的女性，雙胞胎則是阿知穗足的女兒。

杣屋和空露面色苦澀地低頭站在門外。

悠花看了杣屋一眼，杣屋心領神會地站起來，從廊臺繞到西側去追居鹿。

「很抱歉，日織，我阻止過他了。」

留在原地的空露低著頭說。

「算了，人都進來了。再說他又有大臣們的許可，你也阻止不了。」

再怎麼不情願也沒辦法。

（不津這傢伙到底來做什麼？）

日織緊張到近乎恐懼，呼吸加速，她努力地調勻氣息，讓自己鎮定下來。

（他是要調查殺害山篠叔父的凶手嗎？還是想找證據揭發我的祕密？）

不津擅闖楡宮必定是為了其中一項原因，但日織不明白的是他為何帶妻子一起來。他帶她們來這裡有何用意？

跟在不津身後的三位妻子打量似地瞄著悠花。看到她們不迴避視線的無禮態度，悠花面露不悅。

（她們在看悠花？為什麼？）

不津的妻子們會盯著悠花看，一定是聽不津說了什麼。但為什麼是悠花？這和他昨天偷摸悠花的事有關嗎？

「不津，你有什麼事？」

「我是來看父親遇害的地方，還有殺害我父親的凶器的主人，說不定能找到什麼線索。此外，我的妻子們也希望來問候前皇尊的皇女。」

三位妻子屈膝行禮，但悠花沒有一絲笑容，只是緊盯著她們。被這麼美麗的人直勾勾地看著，三個女人都怯懦地轉開目光。

「原來如此。你如此強硬地闖進我的宮殿，難道是有什麼在意的事嗎？」

「是的，非常在意。你可以當作我是來求證的。父親的事我還沒看出任何端倪，但我倒是知道了關於你的事。」

他的話中藏著令人不快的弦外之音。

「關於我？」

日織不解地皺起眉頭。

不津望向居鹿剛剛跑走的方向，用嘲弄的語氣說：

「剛才跑走的女人是遊子吧？你還專程從祈社把她帶過來，你對遊子還真是樂此不疲啊。她們確實是很方便的玩伴啦。」

聽到不津這番話，妻子們在後面低著頭笑了。

（方便的玩伴……）

他這話的意思是……

日織發現悠花咬住嘴唇。想必是在防止自己忍不住開口反駁。

「你說什麼？」

此般汙衊的發言令日織非常錯愕。但不津誤解了她的反應，自嘲地歪著嘴角說：

「別誤會，我不是在批評你的喜好，畢竟我父親也做了同樣的事。我只是覺得……這樣未免太不知廉恥了。」

日織猛然站起，一把揪住不津的衣服。

「閉嘴，不津！不知廉恥的是你！你不只汙辱了我，也汙辱了居鹿和遊子。你忘了自己的母親和女兒嗎！」

不津的三位妻子發出小聲的驚呼，但不津只是稍微皺眉。

「當然記得，所以我才實話實說，遊子待在一般人之中只會受到羞辱。這有什麼好生氣的？」

日織怒火中燒，揪著他衣服的拳頭微微顫抖。

不津說的是事實，但讓日織生氣的是他覺得這個事實很合理，甚至認定這是不可撼動的真理，這點更令她火大。

「我才不會那樣看待遊子，我是有事拜託她才會把她找來的。」

「有事拜託？我不知道你想拜託她什麼事，但她是個遊子，無論你要她做什麼，都沒人會說話的。我也不打算批評你什麼。」

「你這個人……」

日織咬牙切齒地說。

遊子曾經被族人視為玩物。這個事實令日織感到憤怒，不津對這件事不以為意的態度更是令她痛恨不已，而且不津還以為她也做了那種令人不齒的行為。

日織知道不津的母親和女兒都是遊子，因此更加反感。

「你連自己的母親和女兒都要汙衊嗎？你真能毫不在意地接受這種事嗎？」

「是啊。事實就是事實，我也沒辦法。」

日織非常驚愕。不津的態度與其說是乾脆，更像是不顧情面。

這冷漠的態度想必是出自他對遊子的厭惡。雖然他的母親和女兒都是遊子，但他對遊子深惡痛絕。他嘴上說著要寬容對待遊子，事實上他非常歧視她們，想要隔離她們。遊子在他的眼中極為可憎，他寧願把她們視為另一種生物。

「請您放手，日織殿下。」

「對客人動粗也太失禮了吧。雖然您是皇子殿下，這樣實在有失身分。」

雙胞胎妻子在不津背後輪流尖聲說道。遺傳了父親穗足好勝性格的兩張相同面孔嚷嚷著。

「不津也出言冒犯了我們邀請來的客人，我們是半斤八兩。」

「哪裡半斤八兩了？那個可是遊子呢。」

那緊張兮兮的削瘦女人說道，雙胞胎紛紛附和「就是說嘛」、「那是遊子耶」。

「妳們和遊子一樣是女人，難道妳們不明白不津說的話有多齷齪嗎？」

雙胞胎立刻尖聲譴責。

「這話更失禮了！」

「我們和那種人才不一樣。雖然我們兩人不是皇尊一族，但至少不是遊子。更何況這一位……」

雙胞胎的其中一人望向削瘦女人。

「加治媛出身於皇尊一族，也聽得見龍語，您卻把她和遊子相提並論，到底是誰比較失禮呢？我們說的有錯嗎？」

「妳們三人的其中一人應該是與理賣的母親吧！難道連自己的親生女兒都看不起嗎？」

「不是看不起。與理賣是我的女兒，我當然愛她，遺憾的是她生來就和我們不一樣。只是如此罷了。」

削瘦女人——加治媛——面色不改地回答。

（這女人就是與理賣的母親？）

她雖容貌清秀，卻因過瘦而顯得刻薄。

「愛她？如果妳愛她，怎麼會把想念父母、哭叫不停的她送到祈社？」

「我雖然愛她，但我還是得照規矩處置，這樣也是為了她好。有什麼不對嗎？」

「看到女兒哭著要母親，還狠心把她送走，這樣是對的嗎？」

「這都是為了與理賣著想。」

日織驚愕到不知該怎麼生氣了。這女人沒有一絲絲的糾結或罪惡感，她深信依照常理處置才是為了女兒好，還言之鑿鑿地自認有理。

不津和他的妻子們難道都沒有半點想像力嗎？同樣是人，同樣是女人，難道他們不會想想看，若自己是遊子會是如何？他們想像不出來嗎？連自己的孩子有多痛苦都無法想像嗎？

日織不理解他們為什麼連自己的孩子都能無情地視作「其他東西」，她也不想要理解。如果這是世界必要的規矩，這種世界根本沒有存在的意義，還不如讓央大地沉入海底。

心中的憤怒漸漸轉變成厭惡和絕望。

日織一把推開不津。

「給我出去。」

「日織，我沒有生氣，我也不是來找你吵架的。我的妻子都還沒跟悠花打招呼呢。」

不津一邊整理衣服，一邊瀟灑脫地說，但日織依然瞪著他。

「悠花是我的妻子，我不准你們靠近她。快滾。」

「真是個蠻橫的丈夫，都不問問妻子的意見。」

不津故意擺出憐憫的表情朝著悠花微笑。悠花冷冷地看著他，接著拿起手邊的紙筆寫字，拿起來給他看。

『不值得交談。請回吧。』

不津和他的妻子們都面露疑惑。悠花寫的「不值得」是指誰？可能是指她自己，也可能是指不津和妻子們。如果是指她自己，就是自謙的意思，若是指不津他們，那就是嚴重的侮辱了。

不津應該不會傻傻地問她「妳指的是誰？」吧，如果她指的是他們，問這種問題會讓他顯得更愚蠢，也會自己招致更大的恥辱。

「好吧。但我還會再來的。反正我也多少得到了一些收穫。」

看來不津還沒蠢到在妻子們面前確認美麗的皇女是否羞辱了自己。他帶著妻子走出屋外，空露走到四人的前方，像是要送他們離開。

「日織。」

悠花在後面擔心地低聲叫道。

「龍之原若能讓那種人心安理得地活著，不如毀滅算了。如果地大神和龍都認同這種事，那也沒有保護的必要了。」

日織恨恨地說道。聲音顫抖。她很不甘心，很受挫，很悲哀，厭惡和憤怒在心中不停地席捲。

（真不甘心！）

一出生就得背負、連自己都無能為力的命運令她很不甘心。不只是自己，連宇預、居鹿、與理賣，還有其他遊子的命運，都令她非常不甘心。

有隻手從後面按住日織的肩膀。那是悠花的手。他靠近她的背後，輕聲說著：

「別哭。」

「我沒哭。」

日織沒有說謊。雖然她表情僵硬，被殯雨淋溼的庭院也變得模糊不清，但淚水沒有流下來。她強忍著淚水，但她沒有哭。她連悔恨的淚水都不願接受。

「那妳就去問吧。去問地大神和龍，這樣真的好嗎？」

「要怎麼問？」

日織語氣僵硬地問道，悠花回答的聲音既柔和又平靜。

「找到龍鱗，進入龍道，當上皇尊。如果妳能做到，就代表神認同妳的想法，神認為這種世道是錯的，應該有所改變，允許妳去打造妳期望的世界。」

「如果我一進龍道就像禍皇子一樣被燒死呢？」

「那就表示神想要的是能讓唾棄我們的那種人心安理得生活的世界。若是這樣，那就痛罵著地大神和龍，詛咒著這世界而死吧。」

聽到悠花如此乾脆地說出死字，日織忍不住笑了。

「你是要我賭上性命嗎？」

「既然妳想當皇尊，應該早就做好心理準備了吧？」

「沒錯。」

日織毫不遲疑地回答。因為她從七歲時就發誓要向神挑戰了。

三

悠花躺在隔簾遮住的床上，盯著黑暗。

居鹿和杣屋也睡在主屋，但他聽不見她們的聲息，因為她們的床鋪離悠花的床鋪很遠。這是為了避免居鹿不小心看到悠花。杣屋向來是個行事周全的人，很值得信賴。

身子一翻，他更清楚地聞到床鋪的香氣。

（居鹿為什麼那麼怕不津？）

話說回來，不津會認得居鹿也很奇怪。

遊子都要送到祈社，與常人隔絕。不津的女兒也一樣，是以不津當然會去祈社，但護領眾不可能讓遊子出現在外人面前。

悠花會認識居鹿等人只是巧合，而且悠花當時住在祈社最內部的宮殿，才有機會見到她們。

不津離開以後，杣屋把居鹿帶回來了，但日織問居鹿是否認識不津，她卻沒有回答，只是含糊地搖頭。日織沒有繼續追問，對悠花說「你來照顧她吧」，就回東殿了。

由於派了鳥兒送信，祈社在日落前送來了一些書卷。居鹿看得很專心。悠花寫了一句「不用太勉強自己」給她看，她只是微笑著回答「沒關係」。

但居鹿看起來確實受到了打擊，她一直悶悶不樂，直到熄燈時都是如此。

（在祈社有護領眾和采女盯著，居鹿應該沒機會見到不津。這麼說來，她是在進祈社前就見過他了嗎？）

居鹿今年十四歲，聽說她是十二歲時住進祈社的。

有很多孩子一被發現是遊子，都還沒懂事就被送到祈社，但居鹿的父母把她留到十二歲。難道他們期待她會突然聽得見龍語嗎？或者只是捨不得把自己的孩子送走？還是說，他們本想隱瞞女兒的遊子身分，最後還是藏不住？

無論理由是哪一種，悠花都不打算直接去問居鹿。居鹿想必也不願意提起。

居鹿非常聰明。悠花只有寄居在祈社的短暫期間和她相處過，就已經對她的機敏大感驚訝了。

她能背誦歷代皇尊發布過的法令，就連發布的年份都記得分毫不差。

居鹿對於悠花只能寄居祈社的事十分憤慨，她有一次抱怨說，悠花身為皇尊的女兒卻只能寄居在祈社，真是太不合理了，還說出了某位子女眾多的皇尊發布的法令以示證明。

有些法令會因為字詞籠統而引發爭議，居鹿引用的法令也有很多含糊的部分，但她卻能說明每個字彙的意義和關聯，解釋得清清楚楚。

居鹿聲稱，依照那條法令，悠花應該要獲賜一座宮殿，過著符合身分的生活。這番話令悠花聽得驚訝不已。

所謂的天賦異稟，想必就是指居鹿這樣的人。

（她一定能幫助日織。）

如果日織當上皇尊，悠花或許就不用被迫活得如此屈辱了。

聽見龍語對悠花來說是正常不過的事，他從懂事開始就被當成女孩子，也不覺得有問題。

隨著年歲漸長，他開始感到不對勁。

他的體型越像男人，身上的背子、纈裙、披巾就越沉重地束縛著他，他想盡情伸展四肢，想騎馬到處跑，卻只能關在陰暗的屋內以免被人看見，他對此般生活越來越不滿。就算明白了自己的處境，知道非得如此不可，也只會更怨恨。他怨恨命運，也怨恨自己的身體。

原本覺得正常的東西隨著成長逐漸變得格格不入，這種格格不入的感覺還不斷增強，越來越難以忍受。

壓垮他的最後一擊是日織的到來。當日織說要娶他為妻時，他知道自己沒有選擇，只好答應，但是受到這種奇恥大辱連他自己都覺得可笑。

被逼著扮成女人已經夠委屈了，如今竟然還要嫁人。

他什麼都不想管了。住進龍稜後，他開始穿著從祈社帶來的護領眾衣裝跑出去閒逛。

悠花的命運或許就是因此而改變的。

因為他發現了日織的祕密，他第一次遇到「同類」。

（她哭了呢。）

悠花想起日織微微顫抖的背影。他從不覺得日織纖細卻不柔弱的身軀像女人，但那顫抖的背影確實是個女人。

（我想讓日織當上皇尊。）

他由衷地這樣想。為了自己的命運，也為了日織。

日織一直活在痛苦中。她說這一切都是為了死去的姊姊，她活著就像是在自我懲罰。因為她羞愧於獨自苟活下來，因而想當上皇尊，廢除殺害遊子的法令。

她是他的同類，是他第一次遇到的同類。日織和悠花一樣……不，她比悠花更恨這個世界，更恨自己，渴望能改變這一切。

門扉嘎嘎作響，溼冷的風吹進來。隔簾搖晃不定，絹布在地上磨出沙沙的聲響。

（是杣屋？還是居鹿？）

悠花發現好像有人出去，起身一看，小小的火光在門邊搖曳。有個人拿著燈進來了。火光筆直朝這裡靠近，隔簾被人一把掀開。

不津持燈站在隔簾外面。

「晚安，悠花。」

他雖是偷偷溜進來的，語氣卻沉著得近乎理直氣壯。悠花反而還比較驚慌，他急忙拉起蓋在腿上的衣服，遮住脖子。

悠花望向四周，屏息傾聽，杣屋和居鹿似乎還在睡。如果能把杣屋叫起來就好了，但他又不能出聲。

（這男人到底想幹什麼？真搞不懂。）

不津之前突然摸他，現在又闖進他的宮殿，確實是冒昧又蠻橫，但悠花知道這絕不是臨時起意的衝動行為，不禁有些害怕。這男人表面裝出一副笑臉迎人的親切模樣，卻是個令人畏懼的角色。如今在黑暗中相見，悠花對他的恐懼又加深一層，他的身影在黑暗中似乎也很鮮明，強大得令人無法對抗。悠花下意識地繃緊神經。

「我有話想跟妳說。為了不讓日織聽到，我才會在半夜偷偷跑來，真是不好意思。」

不津把燈放在地上，盤腿坐在床邊，露出豪邁的笑容。他的舉手投足充滿了男子氣概，而且自信十足。

悠花滿心戒備地看著他，他拍了一下自己的腿，說道：

「好了，我不想拐彎抹角，所以就直說了，我要拜託妳一件事。我希望妳幫我勸勸日織，叫他放棄皇位，退出選拔，離開龍稜。」

這個意想不到的要求令悠花呆住了，他吃驚地眨眨眼。

「如果日織找不到龍鱗就沒有勝算了，他之前找了那麼久，連線索都沒找到，要找出龍鱗就更不可能了，如此看來，能坐上皇位的一定是我。沒有人期待日織當上皇尊，我才是眾望所歸的人，正是因為這樣，我才不想無謂地浪費時間和精力，是以想請妳幫忙說服日織。」

（這男人到底在說什麼……）

悠花把手伸到床邊，拿起紙筆。

『您若相信日織殿下找不到龍鱗，也有信心會被選為皇尊，靜待十天又何妨？為何要我說服日織殿下？』

悠花展示出紙上的字，不津苦笑著說：

「沒必要拖那麼久吧？」

聽到他的回答，悠花發現自己露出了幸災樂禍的笑容。

『您怕日織殿下嗎？』

看到那行字，不津的笑容就消失了。悠花盯著他看，心想「被我說中了」。

不津可能真的相信沒人找得到龍鱗，所以他鐵定會被選為皇尊。不過他就算相信，心底還是有一絲擔憂，他怕日織說不定真能找到龍鱗，就算找不到，他也不敢保證族人絕對不會推舉日織。

從外人的角度來看，日織是個難以摸透的人，不津很擔心日織在關鍵時刻會做出他意想不到的行動。

不津大概覺得日織深不可測，想要更保險地除去隱憂。

「只是希望省點麻煩。反正妳也知道日織處於劣勢，妳就幫我勸勸他吧。」

『恕難從命。我希望日織殿下登上皇位。』

看到這行字，不津頓時表現出類似憤怒的焦躁。

「如果我告訴妳一件事，妳或許就願意去說服日織了。我知道日織的祕密，如果不想被我公諸於世，就離開龍稜。」

日織確實說過不津可能發現了她的祕密，但他沒有揭穿日織，反而向她暗示自己已經知道，勸她放棄皇位，這表示他並沒有證據。

（日織沒有被他唬住，所以他才會找上我？可見不津一定還沒找到日織祕密的證據。）

話雖如此，不津語帶威脅地說出「我知道唷」，還是令悠花有些不安。

悠花藏起擔憂，寫下「日織殿下沒有祕密」，再次展示給對方看。

不津盯著那張紙，卻沒有說話，只是稍微歪了嘴角。悠花以為他看不清楚，就探出上身，讓紙張更靠近不津。

此時不津猛然抓住悠花的手腕，嚇得他放開了紙。

「悠花，妳以為我沒注意到妳的事嗎？」

悠花猛然一顫，全身冰涼。

（難道不津口中的祕密指的不是日織的女兒身，而是我禍皇子的身分？）

把禍皇子當成妻子留在身邊，這算是祕密嗎？

日織最大的祕密是她的女性身分，所以她一聽到祕密自然就會想成那裡去。或許他們都誤會了。這就是所謂的關心則亂嗎？

不過悠花還是搖頭裝作不明白。一旦承認就完了。他下定決心，只要沒被脫光衣服……不，就算被脫光衣服，他也要堅持自己是女人。

「妳是遊子，對吧？」

（什麼？）

悠花睜大眼睛看著不津。

（他在說什麼？我是遊子？）

不津用空著的另一隻手摸了悠花的腳。先握緊他的小腿，然後往上移，像是在檢查形狀。不津的動作沒有半點色情的味道，這樣更令悠花害怕。

「妳應該站得起來吧。」

不津一邊摸著悠花的腳，一邊喃喃說道。看到悠花搖頭，他握得更用力了。

「一出生就不能走路的人不會有這麼結實的腳。如果從來沒走過路，雙腳一定會萎縮得像木棍一樣細。這是能走路的人才會有的腳。」

恐懼如冰柱貫穿了悠花全身。昨天不津突然摸他的腳，一定就是為了確認這件事。

（原來他從一開始就不相信我不能走路說話。）

不津的語氣雖然平淡，卻隱含著不留情面的強硬。

「既然妳不能走路的事是假的，不能說話的事也很可疑。我就當作妳可以走路說話吧。前皇尊為什麼要把妳藏起來？一定是因為妳有某些不能見人的理由。根據我的經驗，會被藏起來的女人幾乎都是遊子。」

不津的手加重了力道。

「日織向來偏愛遊子，他很關心遊子，也喜歡把她們留在身邊，他大概是太仰慕死去的姊姊宇預皇女，才會染上這種怪癖。但是他這種行徑等於蔑視皇尊的法令，大臣和族人知道了會作何感想？妳真的以為他適合當皇尊嗎？」

悠花眼睛眨也不眨地望著不津。

（他說知道日織的祕密……也不是指我禍皇子的身分？）

不津沒有看穿日織和悠花最重要的祕密，而是另有懷疑的事。而且他的推論也太異想天開了，悠花不禁疑惑。

（這男人以為我是遊子。這就是他說的日織的祕密？）

悠花頓時感到放心，但他不明白不津為什麼會有這種誤會。

為什麼不津以為悠花是遊子，還認定日織偏愛遊子、喜歡把遊子留在身邊？

（是因為他在白天看到了居鹿嗎？光是這樣也不能斷定吧。）

不津掌握了日織和悠花沒有發現的某些關鍵，這讓悠花越來越不安。他們也還沒搞清楚不津為什麼會認識居鹿。

「日織漠視自己的父皇——前前任皇尊所發布的法令，足以證明他毫不尊重皇尊的地位，這種人根本不配當皇尊。十天後若是還沒找到龍鱗，我就要揭發這件事，叫大臣和大祇評理，這麼一來日織絕對贏不過我。不過我要再重申一次，我不打算譴責日織，雖然他偏愛遊子，但他願意娶妳為妻，好好愛護妳，已經比我父親好太多了，所以我實在不願揭發這件事，我只希望他能離開龍稜。」

悠花有太多事情不明白，但他知道日織不能離開龍稜，因為她一心希望當上皇尊，甚至可以說她是為此而活的。

悠花正面盯著不津，搖頭表示拒絕。

「妳真是固執。如果拒絕的話，連妳的祕密都會被揭穿喔。」

不津抓緊悠花的手腕，但悠花還是搖頭，表示不理解他說的話。

「如果日織偏愛遊子的事被揭發，他一定贏不了我，只能乖乖離開龍稜。我不想讓日織顏面掃地，才來拜託妳說服他。」

悠花搖頭。

「妳不答應嗎？」

悠花毫不猶豫地點頭。兩人相視良久，不津的表情突然一變。

「那我就先揭穿妳的真面目，這樣日織才會認真考慮。」

不津放開悠花的手腳，雙手揪住他的衣襟。

「站起來，悠花，我要讓大殿裡的淡海叔祖父看看妳走路的樣子。」

不津抓著悠花的衣襟用力往上提，悠花的身體頓時騰空。他用雙手猛然一推，甩開不津的手，但自己也被反作用力摔下床。悠花的背撞在地上，痛得差點發出呻吟，但他還是咬緊牙關，勉強忍住。

不津繞到床的另一邊，朝悠花逼近。如果不津又抓住悠花的衣襟逼他站起來，衣服恐怕會被扯開，這麼一來不津就會發現悠花另一個比能走路能說話更重大的祕密——男人的身分。為了不讓不津靠近，悠花一腳踢翻隔簾。

杣屋被這聲音驚醒了，她驚恐地大喊「悠花殿下！」。有個腳步聲朝這裡跑來，昏暗的燈光中出現了杣屋的身影。

「不津大人！您這是在做什麼！」

杣屋哀號似地喊道，整個人朝不津撲過去，抓住他的衣服。

「讓開。」

「請您住手！求求您！」

「給我讓開！」

不津一拳揮向杣屋的側頭部，杣屋當場倒地。

（杣屋！）

悠花驚得渾身冰涼，更讓他擔憂的是在黑暗的角落躲在柱子後面發抖的居鹿。如果不津發現了居鹿，他會怎麼做？不津想逼悠花走路，他說不定會抓住居鹿，毆打她，讓悠花不得不起身阻止。

悠花坐起身，拚命地向居鹿使眼色，暗示她「快逃」、「去叫人來」。居鹿因為恐懼和黑暗而動彈不得，但她似乎收到了悠花努力傳達的訊息，慢慢地後退，消失在黑暗中。

（很好，居鹿。真是個聰明的孩子。她一定會叫人來的。）

不津推開倒下的隔簾，跨開雙腳站在悠花上方，冷眼俯瞰著他。一看到他的眼神，悠花就全身僵硬。

「仔細想想，女人……遊子……真是可悲的生物。」

不津的眼中只有冰冷。他彎下身子，平靜地說：

「像妳這樣的異類，和常人共同生活只會遭到屈辱，讓自己變得骯髒。」

這一瞬間，不津的眼中冒出了類似憎恨的某種情緒，像是壓抑已久的某種想法終於按捺不住，爆發出來。

「異類不該留在我們身邊，應該和我們隔離，待在我們看不到的地方才對！破壞秩序的人就是擾亂龍之原！」

這羞辱的言詞令悠花心頭火起。

（破壞秩序的明明就是憎恨異類的人縱容自己的憤恨而生事作亂！竟然還把責任推到我們身上！）

悠花一巴掌揮向不津，卻輕易地被他擋開，接著不津用同一隻手粗魯地抓住悠花的下巴。

「給我說話！」

悠花臉孔扭曲，但依然瞪著不津。他死命咬緊牙關，心想就算自己的下巴被捏碎也不能吭聲。

「站起來。給我站起來說話，說妳是遊子。這樣日織就會發現自己行為不當，恢復正常。」

不津露出爽朗的笑容。

「我要把妳拖去大殿。」

（我有辦法繼續保住男兒身的祕密，直到救兵趕來嗎？）

為了掙脫，悠花在地上摸索可用的東西，結果摸到一隻筆。他孤注一擲地揮手把筆推出去，筆滑過地板，撞上油燈。油燈碟翻倒，燈心落在地上熄滅了。沒了光線，不津就無法隨意行動，悠花的祕密也不會被看見了。

黑暗再度降臨。

溼潤的強風吹進來。

不津放開悠花的下巴，輕輕地嘖了一聲。悠花正覺得鬆了一口氣，黑暗中有隻手抓住他的肩膀，接著又揪住他的衣襟。

「別想躲在黑暗裡，我要把妳拖到明亮之處。」

不津想抱起悠花，悠花死命搔抓他的手。還好現在暗得伸手不見五指，因為他不確定自己的衣服到底亂成了什麼德行。

（若是以這副模樣被他拖到燈光下，那就真的完了！）

□　□　□

一想起不津闖進榆宮的事，日織就氣到睡不著。她在床上翻來覆去，一點睡意都沒有。

不津以搜查殺害山篠的凶手為由，但一看就知道他另有目的。他多半是要找出日織祕密的證據，但他為什麼把妻子也帶來了？而且她們的注意力一直放在悠花身上。

（他們是來調查什麼？今天那場鬧劇又讓不津得到了什麼？）

不津臨走時說了「反正我也多少得到了一些收穫」。他從這場胡攪蠻纏和日織這方的抗拒之中究竟得到了什麼？

只剩十天。不津應該很清楚，若能阻撓日織找尋龍鱗，他當上皇尊的可能性就會大大提高。不津既然說有「收穫」，一定是找到了能妨礙日織的事物。

但他闖進來的短暫期間內，應該沒有發生什麼事能讓他確定日織是女人吧？

不津發現的新情報只有他們邀來了居鹿。

這算得上「收穫」嗎？

（沒有法令禁止邀請遊子到龍稜，可見重點不是我邀請了居鹿，而是我邀請居鹿這件事讓他察覺到了什麼。而且這件事對他有利。）

今晚的殯雨聲仍然持續增強。屋頂上嘩啦啦的聲響令盯著黑暗的日織心思更加澄明。

——你對遊子還真是樂此不疲啊。

日織想起了不津說過的話。這讓她覺得很奇怪。

（樂此不疲？）

他這麼說是什麼意思？

接著日織又想起不津在更久以前說過的話。

——因為生出了遊子的人家都會想盡辦法不讓女兒被別人看到。

腦海裡閃過一道光。

（難不成……！）

日織因震驚而屏息。

（這樣就解釋得通了！）

她坐了起來，全身都在顫抖，她不禁抱住自己的身子。

——在你父皇發布驅逐令之前，遊子還是有些好用途的，我父親可是很享受呢。

不津還說過這句話。

（照這樣看來，殺死山篠叔父的凶手是……）

不可能吧。日織想要否定自己做出的結論，但她的理性卻小聲說著「多半沒錯」。

（怎麼會……怎麼可能……）

無意識摀住嘴巴的手指輕輕顫抖。

（怎麼可能有這種事？）

不過，這麼她就明白不津今天為何要帶妻子們一起來了。他的其中一位妻子是皇尊一族的旁系親屬、聽得見龍語的女人。如果她在場的時候聽到了龍的聲音，她只要細細觀察悠花的反應，就能看出悠花是不是遊子。

所以不津才會帶她一起來見悠花。

（不津以為悠花是遊子，所以才專程跑來確認。他之所以誤會悠花是遊子，是因為……）

此時突然有人瘋狂地敲門。日織在黑暗中驚訝地看過去。

「日織殿下！日織殿下！快去救悠花殿下啊！」

是居鹿的聲音。日織才剛下床，就意識到待在門邊的空露打開了門。雨聲突然變大，風夾帶著溼氣吹進來。日織按著狂舞的隔簾，摸索著走到門邊。

「請您立刻去北殿！快一點！」

居鹿不斷發出哀號般的叫聲。

空露似乎點亮了油燈。日織急忙走到稍微變亮的門邊。居鹿癱在門前，但仍抓著空露的衣袖，拚命地叫道：

「不津大人跑進悠花殿下的房間！還對她動粗……！」

居鹿的聲音顫抖著。日織一下子就明白了現在的狀況。

（不津！）

她心中的怒氣瞬間沸騰。

「空露，居鹿就拜託你了！」

「日織，您想做什麼？」

「悠花是我的妻子！」

日織打開主屋角落的櫃子，抓起放在衣物上的刀。刀柄和刀鞘皆是白木打造。她拉開刀鞘，刀刃畢露。刀尖有些弧度，刀身約為日織手肘到指尖的長度，在黑暗中隱約發出銀光。

她的手掌一接觸到白木刀柄的觸感，立刻衝出廊臺，跑向北殿。廊臺被橫掃的雨水打溼了。日織的赤腳感受到木板的溼濡，才跑一下子內衫的下襬就變得又冷又重。

（悠花！我能趕上嗎！）

不津是來揭穿悠花的祕密。雖然這是誤會，但不津這麼一鬧，恐怕會挖出他自己都沒想到的祕密。

如果悠花的祕密曝光，日織的事遲早也會曝光，那一切都毀了。

第七章　央大地有一原八洲

一

四座殿舍的屋簷掛著燈籠，微微照亮了四周。

在燈籠的映照下，可以看見北殿的門開著。

日織一衝進去，就聽見衣服摩擦的聲音，像是有人在扭打。藉著門外照進來的微弱光芒，她看見被踢倒的隔簾和空床，旁邊有兩條揪在一起的人影。站著的人用力拉著坐在地上的人。

「不津！」

那人影大吃一驚，停止動作朝日織望來。

日織一個箭步衝過去，把刀子壓在人影的脖子上。

「你想對我的妻子做什麼！」

日織壓抑著喘息和暴怒，低沉又尖銳地問道。適應了黑暗之後，她看見不津跨立在悠花身上，悠花的髮髻因劇烈的抵抗而散亂，但雙手仍緊緊地抓住衣襟。

不津揚起嘴角說：

「我要叫她站起來，走到大殿。」

「悠花不能走路！」

「不，她一定能走。我摸過她的腳，不像是不能走路的人會有的腳。」

日織大受震驚，如同挨了一拳。

（難怪昨天不津要偷摸悠花的腳！原來他就是為了確認這件事！）

不津已經知道悠花雙腳健全了，她無法再堅稱悠花不能走路。

「悠花能走路，那她一定也能說話。她一直躲著不露面，正因她是遊子，沒錯吧？你不是一直很喜歡遊子嗎？」

不津斜睨著日織，說教似地靜靜說道：

「快清醒吧，日織。我不知道你有多仰慕姊姊，但你姊姊是個遊子。你理智一點，跟她劃清界線吧，別再迷戀遊子了。」

日織勃然大怒。

（叫我跟姊姊劃清界線？）

這句話是對宇預的侮辱。叫日織和最愛的姊姊劃清界線，等於要日織在她死後還得徹底割捨她，這是多麼地冷酷無情。
日織的耳裡呼呼發燙，化為血液翻騰的低鳴。
她的怒火攀升到最高點，腦袋反而變得冷靜。或許是因為憤怒過頭，令她抽離了現狀。
這時她突然想起悠花說的話。
『本來就很簡單，反正繼續一口咬定就是了。要是行不通也只能認了，不過那樣跟現在有什麼差別嗎？沒有吧。』
日織冷靜地說：
「悠花不能走路，也不能說話。」
「少胡說了，我可是親自確認過的。」
「不，她不能走路，也不能說話。」
聽到日織堅持的語氣，不津的表情扭曲了。
無論不津再怎麼質疑，她也要堅持下去。要是行不通也只能認了，即使對方拿出證據，她也不會輕易認栽。即使是顯而易見的謊話，她也要繼續死咬著，直到最後都不鬆口，這樣或許還能找出一線生機。
「你以為悠花是遊子嗎？」
「她一直避人耳目地生活，還嫁給了熱愛遊子的你。她當然是遊子。」

「悠花聽得見龍語。要叫她證明給你看也行。如果事實證明悠花能聽見龍語，你對悠花動粗的事傳出去，淡海叔祖父和真尾一定會覺得你不適合當皇尊。」

「要證明悠花不是遊子？這樣你會很困擾吧？」

「你可以試試看。我樂意奉陪。我等著看你痛哭流涕的樣子。」

不津第一次顯得畏縮。他以過去的經驗判斷悠花是遊子，但是看到日織這麼有把握，令他開始猶豫了。

悠花撐起身子，坐著往後滑行躲進暗處。

日織依然把刀尖指著不津的胸口，低聲說道：

「我絕對不會讓你這種人坐上皇位。我會找到龍鱗，把你擊敗，當上皇尊。」

不津嘴角一歪，抬頭縱聲大笑，彷彿想要痛快地笑一場，甚至笑到無法自抑，一臉難受地抱著肚子。日織還是面色不改地凝視著他。

不津擦了擦笑到泛淚的眼角，好不容易才開口說：

「你的固執真是令我刮目相看，而且說起謊話連眼睛都不眨！我算是服了你。不過你不可能贏的，會當上皇尊的一定是我。你說你會找到龍鱗，要怎麼找？從我們來到龍稜至今，連線索都沒找到，剩下的時間不到十天，你要怎麼找出龍鱗？還是放棄吧，這樣我就不會再過問你對遊子的癖好。」

「我對遊子沒有什麼癖好。悠花不會走路，不會說話，她也不是遊子。一切都是你的誤解。」

「你還想嘴硬下去嗎？」

「這是你的誤解。我沒其他的話好說了。」

兩人在激烈的大雨中互相凝視。片刻之後，不津笑了。

「那我們就繼續競爭，看看誰能當上皇尊吧。」

他親切地說道，往前走了幾步，想要拍拍日織的肩膀，但日織扭身避開，用刀指著他。

「別碰我。」

不津露出苦笑，走出屋外。日織看著不津往正殿的方向走遠，才回頭望向悠花藏身的黑暗。

她把刀放在床上，趴在地上摸索，慢慢移向黑暗。

「悠花，你沒受傷吧？」

她摸到了衣服的觸感，接著把手往上移，摸到披著頭髮的肩膀。悠花正在微微地顫抖。

「真是的，差點就被拖去大殿了。」

悠花故作開朗地說笑，但日織知道他一定受到了很大的打擊。

（除了恐懼，想必還有無法形容的屈辱吧。）

他的顫抖是因為害怕還是生氣？說不定兩者皆是。

「怎麼會發生這種事？」

「不津來找我，要我勸妳離開龍稜，還說如果妳不希望熱愛遊子的事被說出去，就得放棄皇尊寶座。不津口中的祕密似乎是指妳喜愛遊子，把遊子留在身邊，他並不知道妳是女人。他不知為何以為我是遊子，因而愚蠢地認定妳對遊子有特殊癖好。」

「他有理由這樣認定。」

「什麼理由？」

日織被問得說不出話，過了好一會兒才說：

「只是猜測罷了，我大概知道不津誤會的理由。現在還不能確定，等確定之後再告訴你。」

「確定之後？為什麼現在不能說？」

悠花的反問流露出不悅。日織知道悠花受辱的理由卻不肯告訴他，他當然不高興。但日織還是搖頭說：

「胡亂猜測是不好的，所以我不想說。」

日織發現杣屋倒在附近，她扶起杣屋的頭，確認呼吸。杣屋雖然昏迷，但沒有受傷。悠花沉默不語，不知道在想什麼。

「悠花殿下……」

一個顫抖的細微聲音傳來。

日織轉頭一看，居鹿和拿著燈的空露站在門邊，她表情恐懼，淚水盈眶，眼睛眨也不眨地注視著屋中的黑暗。日織放下杣屋，把散落在地上的衣服堆在一起，然後對居鹿說：

「沒事了，居鹿，悠花沒有受傷，也沒發生什麼事。」

居鹿腳步蹣跚地走來，在悠花面前癱倒。空露也跟著走過來，他手上的燈光照亮了悠花的身影。

悠花輕撫著弄亂的頭髮，微微一笑。他對居鹿露出安撫的笑容，表示自己沒事。

「為什麼不津大人會做出這麼粗暴的行為？」

站在後方的空露看到悠花狼狽的模樣就皺起眉頭。

「他以為悠花是遊子。真可笑。」

日織忿忿地說道，居鹿一聽就變了臉色，突然雙手撐地，低下頭，哭著說：

「悠花殿下、日織殿下，對不起。如果我早點告訴你們不津大人是怎樣的人，就不會發生這種事了。對不起。」

「妳沒理由道歉。抬起頭來。」

日織說道，但居鹿還是趴在地上，搖著頭說：

「不，不。如果我早點告訴你們，日織殿下一定會更小心提防不津大人，就不會發生這種事了。如果我早點告訴日織殿下不津大人是怎麼看待、怎麼對待從不見人的小姐，一定不會……」

「居鹿，妳從頭慢慢說。」

看到居鹿如此慌亂，空露平靜而嚴厲地說道。

居鹿抬起頭，淚眼矇矓地望著日織和悠花。

「不津大人……」

她才剛開口就停了下來，一再咬脣。空露在後面鼓勵似地叫著「居鹿」，她又咬了一下嘴脣，才繼續說：

「不津大人……不津大人會認識我是因為他去過我以前居住的府邸。在我被送到祈社之前。」

「你們府上和不津有交情嗎？」

「不是的。我父親是孝井媛的孫子。」

「孝井媛？」

日織一時之間想不起那是誰，空露在一旁說道：

「我記得孝井媛是日織父皇的堂妹。」

「是的，我們在皇尊一族是比較遠的旁系，和不津大人那些直系的人都不太認識。」

皇尊一族子孫眾多，如枝葉繁茂，但直系以外的族人在五代之後必須脫離族裔，變成龍之原的平民，所以旁系的後代和直系之間完全沒有往來。

「不津怎麼會去拜訪孝井媛那一系的族人？」

「在那之前……在不津大人來訪之前，山篠皇子殿下來過我們府邸。」

「山篠叔父比不津更早去過妳家？」

日織越來越不明白了。居鹿鼓起勇氣，抬起頭說：

「跟我們素昧平生的山篠殿下有一天突然來到我們的府邸，說他知道我們家有個女兒從未出現在公眾場合，發現了我們家的祕密。他說可以寬厚地故作不知情，我們家可以繼續留著女兒，但是這個女兒……也就是我……必須成為山篠皇子殿下的情婦。因為山篠殿下原本的情婦前陣子嫁人了，不能再陪伴他，他需要找另一個對象。」

居鹿的聲音細若蚊蚋，說完便低下頭去。

日織心中冒出一陣寒意。

悠花的眼神明顯浮現怒氣，連面無表情的空露眼中都露出了強烈的厭惡。

不津說過「生出了遊子的人家都會想盡辦法不讓女兒被別人看到」，他的父親山篠可能也有同樣的想法。不，或許是山篠先有這種想法，不津才會從父親那裡聽到。

不管怎樣，總之山篠是在皇尊一族的旁系到處找尋藏起女兒的人家，就像野獸四處逡巡找尋獵物。

他在找尋這樣的小姐，找尋遊子。

為了做為他尋歡的對象。

「山篠殿下離開後，過了幾天，不津大人也來了，他說他知道山篠殿下來過這裡，猜到我們家藏了遊子，勸我的家人趕緊趁著遊子女兒還沒受辱之前先送到祈社。如果我家人決定讓女兒當山篠殿下的情婦，他不會揭發此事，因為這樣也會讓他的父親丟臉，不過都是因為我沒有被隔離，和常人生活在一起，才使得山篠殿下做出這種可鄙的事，我也得負一部分責任。他勸我要停止這種可恥的行為。」

居鹿的聲音顫抖，像是快要哭了。

「我父母一直無法狠下心把我送到祈社。雖然我給他們添了麻煩，但他們還是很疼愛我，很擔心我，他們期待我有一天會突然聽得見龍語，一直把我在家裡留到十二歲。可是山篠殿下和不津大人都知道我的事了，我父母沒辦法永遠隱瞞下去，最後才無可奈何地把我送去祈社。」

居鹿和她的父母被迫面對最壞的選擇，無論選哪一條路，對居鹿來說都是惡夢，然而他們還是得做出選擇，他們的心情不知道有多痛苦。

最後居鹿的父母選擇把她送到祈社。

聽到這番自白，日織感到渾身不舒服，彷彿有一種噁心的東西在她的體內蠢蠢欲動。

（居鹿現在十四歲，山篠叔父是在兩年前去找她的，也就是說，他對僅僅十二歲的女孩提出了這種要求？而且不津還認為這個女孩要為山篠的行為負責？就因為她跟家人住在一起，沒有被隔離？）

日織的怒氣如沸騰一般爆發出來。

「這就是不津說的寬容嗎！」

她厭惡地大吼。

居鹿的臉龐流下了淚水。她哭的理由除了對自身際遇的無奈以及對悠花的歉意之外，或許還包含了更多的憤慨。

聽不見龍的聲音。

只因缺乏了這種能力，她就得受人侮辱、和父母分離、被逐出國家。雖然居鹿看似服從法令的規定，但聰明如她，一定會覺得不公不義。

居鹿的淚落在地板上。日織跪在她面前，雙手緊緊環住她的背。

「妳等著，居鹿。我會當上皇尊的。這麼一來我就能以皇尊的身分廢除送妳們去八洲的法令，也不會讓妳們再受到侮辱。我一定會找出龍鱗。」

居鹿忍住聲音，默默地哭泣。日織把手貼在她淚溼的臉頰上，為她擦去淚水。

「我想要幫您的忙。」
「那妳就想想吧，我很期待。不過我們到現在還沒有任何人能找到線索，如果妳找不到也很正常，我不會怪妳的。」
「我很想搞懂，但我實在搞不懂。」
「沒關係的。」
「祈社的書卷對遷轉透黑箱和龍鱗都只有含糊的記載，最具體的描述只有『只能收藏於遷轉透黑箱的寶物』和『龍鱗只存在於龍稜』這兩句。」
這和日織先前找到的記述是一樣的。既然居鹿也這麼說，應該沒有更多記載了。
「是嗎？很好，這樣就可以了。」
「為什麼龍鱗只能和遷轉透黑箱湊成一對，我實在搞不懂。」
「什麼？」
日織盯著居鹿的臉。
「妳說什麼？」
剛才居鹿似乎說了一件很重要的事。居鹿帶著哭聲回答：
「我說我搞不懂。」
「是前面那句。妳說龍鱗和遷轉透黑箱怎麼樣？」
「湊成一對。」

一對。一直在找尋龍鱗的日織等人從來不曾想到這個詞彙。
「什麼意思？」
「記載說龍鱗『只能收藏於遷轉透黑箱』。」
居鹿用手背抹淚，抬起看著日織。
「只能放在那個箱子，也就是說無法放進其他一樣大的箱子。龍鱗只能裝進遷轉透黑箱。這就表示龍鱗和遷轉透黑箱是成對的，不能只有其中一樣。」
悠花睜大眼睛，立刻在四周摸索，找到紙筆，寫了一些字，拿給日織看。
『遷轉透黑箱就是龍鱗的線索。』
看到這行字，居鹿露出恍然大悟的表情。
「我不知道遷轉透黑箱長得什麼樣子，但那既然是用來收藏龍鱗的東西，它的形狀和性質想必都是為了放進龍鱗而設計的，或許可以藉此推測龍鱗的模樣。」
「妳真是個聰明的孩子！」
日織忍不住抱緊居鹿，居鹿驚訝得全身繃緊，但又立刻放鬆，小聲地問道：
「我幫上您的忙了嗎？」
「是啊。真是謝謝妳。」
日織讓居鹿抬起頭，溫柔地摸摸她的頭。
「多虧有妳的幫忙，讓我邁進了一步。現在時間很急迫，我要立刻去調查遷轉透黑箱。」

看到日織如此迫不及待，空露冷靜地勸告：

「至少等到天亮再說吧。」

「胡說什麼，剩下的時間不到十天，這段時間殯雨還會繼續增強，水位也還在上升。」

「沒到八十一天之前，大地還能支撐住。在那之前是不會發生災難的。」

「但是雨一天下得比一天大，就算沒有發生嚴重的災難，農作物還是會繼續泡在水裡。我得盡早讓殯雨停止。」

「我是想勸您別這麼焦急。」

「都這種時候了怎麼能不急？」

居鹿聽著日織和空露的對話，眨著眼睛問道：

「八十一天？」

「如果皇位持續空懸八十一天，殯雨就會引起洪災。一旦過了那一天，龍之原就會遭到嚴重的破壞。」

「我想起來了。《原紀》也有提過『八十一天』這句話。八十一，這也是龍鱗的數量。或許殯雨跟龍有關。」

居鹿喃喃說道。

央大地的每個人民都知道龍有八十一片鱗片，而殯雨是神的作為。既然殯雨是地大神地龍及飛翔的龍所造成的，能對應上和龍相關的數字也很正常。

不過……

（鱗片。八十一。）

日織突然想起剛來龍稜的那天，在山頂看到了煙雨濛濛的護領山和充滿溼氣的草原。

有某件事勾動了她的心。

（當時我和不津小聊片刻。我們說了什麼呢？）

不津聲稱一當上皇尊就要建立都城，日織聽了有些敬佩，又有些不以為然。他說龍之原也該像八洲一樣發展，日織則表達了反對意見。

（我說龍之原和八洲的國情不同，沒必要放在一起比較。）

她的思緒越來越深入，越來越清晰。沉浸在思考中的日織一直靜止不動，連眼睛都不眨，居鹿似乎很不安，流露出擔憂。

悠花也皺起眉頭，空露叫著「日織」。

但是日織的思路更加深入地馳騁，接著出現了一個點，在深淵之中有一點在發光。到達那一點的瞬間，日織愕然屏息。

龍鱗的數量是八十一。

他們要找的龍鱗只存在於龍稜。
據說龍鱗是地龍的鱗片。鱗片披在地龍的身上。
央大地承載於沉眠的地龍身上。
所以……
「……啊啊！」
日織發出驚呼。
「對了，原來如此。央大地有一原八洲。」

二

發現這一點時，日織整個人都呆住了。
「怎麼了，日織？」
被空露的聲音喚醒後，日織立刻轉向一臉擔心的居鹿，輕撫著她的背。
「居鹿，謝謝妳，多虧有妳的幫忙才讓我想通。我大概……找到龍鱗了。」
悠花睜大眼睛探出上身，空露焦急地問道：
「真的嗎？」
「應該沒錯。」

日織很有把握。

（為什麼我之前沒發現呢？這件事明明眾所皆知。）

居鹿的表情由驚變成喜，悠花依然不敢置信地望著日織，用眼神詢問著「真的嗎？」，日織對他輕輕點頭後下達指示：

「空露，你送居鹿到東殿休息，然後叫采女去大殿。今晚應該是輪到淡海叔祖父看守遷轉透黑箱。叫采女通知淡海叔祖父『日織找到龍鱗了，等一下就會過去拿收藏龍鱗的遷轉透黑箱』。」

空露表情僵硬。

「真的嗎？」

「是的。」

「……終於等到了。」

「只剩兩步了。」

所謂的兩步，就是找出龍鱗，以及接下來的入道。第一步已經很困難了，但第二步更加令人擔憂。空露明白這兩步的意義，不禁皺起眉頭，但他立刻行禮說道：

「遵命。居鹿，妳跟我來。」

居鹿依言站起來，日織握住她的手，微笑著說：

「去東殿好好休息吧，居鹿。」

「日織殿下，您的朝代要來臨了嗎？」
「我就是為此找尋寶物的。妳幫我向地大神祈禱，一邊等著我的好消息吧。」
「好的。」
居鹿乖巧地點頭，日織又用力握了一下她的手，接著把手放開，朝空露瞥去一眼。居鹿隨著空露離開北殿後，日織起身點亮了三腳燈臺。
她把昏過去的杣屋抱到悠花的床上，悠花也在一旁幫忙，懷疑地盯著日織。
「日織，妳真的找到龍鱗了嗎？」
「找到了，我等一下就去把龍鱗收進遷轉透黑箱。」
「在哪裡？」
「不在我的手上，我只是找到了。」
「什麼意思？」
「要拿到龍鱗必須有遷轉透黑箱。居鹿不是說過嗎？這兩者是成對的。」
聽到日織信心十足的語氣，悠花也理解了她並不是隨便說說的。他望著日織，有些鬆了口氣地問道：
「是真的吧？」
「我已經說過很多次了。我等一下就去拿龍鱗，接著立刻去龍道。我打算入道，所以，悠花，我希望你一起來幫忙。」

日織溫柔地幫悠花梳理散亂肩上的頭髮，一邊說道。

「你可以換上護領眾的衣服在龍稜的頂端等我嗎？」

「去那裡幹麼？為什麼要我去？」

「因為我們是同類。」

「我不明白妳的意思。」

「到時我會解釋的。所以你就去吧，我的妻子。」

悠花皺著臉孔，諷刺地回答。

「知道了，我的丈夫。」

日織粲然一笑，轉身離去。

不知道是不是錯覺，悠花看見她的笑容時似乎靦腆地轉開了目光。

等一下日織就要去大殿拿遷轉透黑箱收納龍鱗，在那之前，她必須先去見月白一面。

（我們有可能沒機會再見面。）

所以她得去看看月白。如果走了之後真的沒機會再見到月白，她一定會傷心得每天以淚洗面，哭到淚水乾涸，憔悴地死去。日織深知月白是多麼地愛她。

黎明將近。

日織走上廊臺，瞥見猛烈的殯雨打在欄杆上。

她望向東方天空，只見一片灰黑。太陽可能已經升起，只是被濃密的雨雲遮住了。

龍之原已經有很長一段時間沒照到陽光了。

雖然如此，月白居住的西殿周圍的月草依然開出了白花。如今花瓣被夜雨淋得垂下，靜待著黑夜過去。月草在大雨之中靜靜顫抖的模樣讓日織有些心痛。

白色的月草。令她聯想到月白。

她敲了西殿的門。

「大路，妳醒了嗎？我想見月白。」

過了一會兒，門扉發出軋軋的聲音打開了，大路出現在門縫後方，臉色不太好看。屋內點了幾盞燈。

「發生什麼事了嗎，日織殿下？」

「妳聽到騷動了？」

「是的。真叫人害怕，我和月白小姐都嚇得不敢喘息。」

「讓妳們擔心受怕真是抱歉，不過事情都結束了。我等一下要去大殿，我想先跟月白說幾句話。」

大路開了門，側身讓到一旁，說著「請進」。

日織走進屋內，看見月白在隔簾後方。

她穿著一件薄薄的內衫，彷彿很畏寒地又在肩上披著一條織有花紋的披巾。因為大雨下個不停，溼氣很重，比往年的相同時期更寒冷。月白軟弱無力地癱坐在地上，在燈臺搖曳的火光中呆滯地盯著半空。

「月白。」

日織推開隔簾的絹布走過去，月白抬頭看過來。

「日織殿下……」

表情回到了她的臉上，她又變回平時那副可愛的模樣。日織單腳跪地。

「外面鬧得好凶，我好怕喔。發生什麼事了？」

「不津對悠花動粗了。」

月白摀住嘴，訝異地後仰。

「他對悠花殿下動粗？怎麼會這樣？」

「他以為悠花是遊子。」

「怎麼可能嘛。悠花殿下明明聽得見龍的聲音。我很確定，悠花殿下比誰都更快注意到龍的聲音。」

「是啊，悠花聽得見龍的聲音，但不津不知怎地卻誤會她是遊子。」

「為什麼呢？」

月白的眼神不安地飄移。

「我不知道。反正他的事也不重要。對了，月白，我等一下要去大殿。我找到龍鱗了。」

「真的嗎！」

「真的。所以我要去把龍鱗收進遷轉透黑箱，然後直接入道。」

「那日織殿下就會成為皇尊了吧！」

月白緊緊抱住日織的脖子，日織也摟住她的腰，在她的頸邊輕聲回答：

「我也希望。」

「所以才要入道，對吧。」

「是的。不過我不敢保證自己能平安無事地走出龍道。」

月白驚訝地睜大眼睛望著日織。

「這是什麼意思？」

「畢竟以前也發生過禍皇子在龍道被燒死的事。或許我會不受地大神認可，被燒死在龍道裡。」

「不可能的，您沒有理由遇上這種事。」

「有理由。」

日織用平靜而堅決的語氣說道。

為了當上皇尊，她花了二十年等待機會。在這段平白流逝的時間內，她無數次和空露討論過，要當上皇尊需要達成哪些條件，需要通過哪些考驗。
第一個條件就是當時的皇尊沒有生下皇子。這個願望實現了。
之後日織必須和擁有相同血統的幾個人競爭，至於競爭的方式，只有等到被邀請至龍稜才會知道。到時只能根據規定的條件比試。
就算在競爭之中獲勝了，日織還有最後一道難關，那就是入道。如果得不到地大神的認可，一進龍道就會被燒死，就像禍皇子一樣。
日織瞞騙了世人，想要以女人的身分、甚至以遊子的身分登上皇位，地大神會認可像她這樣的人嗎？不試試看是不會知道的。
正如悠花所說，她只能賭上性命去試。
「萬一我不能平安走出龍道，那就再也見不到妳了。所以我才會先來看妳。」
「我不要！日織殿下，如果會有那種結果，那我不希望您去。」
「我只是說萬一。我一定能得到地大神的認可。」
日織雖然沒把握，還是這麼說了。她不想讓月白擔心。
「可是……」
「別擔心。」
日織摸著月白的臉，輕聲說道：
「我一定會如願得到龍之原，這麼一來，妳也不會再遇上討厭的事。只要我當上了統治龍之原的皇尊，我就有能力保護妳了。」

月白是純真又孩子氣的妻子。自己身為女人卻娶了妻子，感覺非常詭異，不過一旦習慣了、熟悉了之後就對她充滿愛意，真是不可思議。或許是因為月白由衷深愛著日織，還表現得像是把日織當成自己的依靠吧。

月白的眼眶溼潤了。

「我希望日織殿下當上皇尊，非常、非常地希望。您真的能當上皇尊嗎？如果您的朝代到來，或許我害怕的事情全都會消失。」

「我現在就要去把龍鱗收進遷轉透黑箱，接著是入道，結束之後我就能成為皇尊了。」

「不會有人阻撓嗎？」

「我已經派人去大殿通知說我找到龍鱗了，不津或許也會得到消息，但他現在也沒辦法阻撓我了。」

「那個人可能還是會阻撓您，譬如在大殿鬧事。」

「我會想辦法應付的。沒事的，相信我。」

「日織殿下……」

月白再次用力抱住日織的脖子，日織也抱住她，安撫似地輕拍她的背，把纏在自己頸上的雙手拉開。

「我要走了。妳在這裡等我。」

日織站了起來，月白帶著哭泣的表情抬頭望去，日織給她一個微笑，走向屋外。出去之時，日織向守在門邊的大路吩咐「月白就拜託妳了」，大路用力點頭。

（該走了。）

天空的顏色從深黑變成深灰。好晦暗的黎明。殯雨傾盆而下，遠雷低沉地響起。雷雲的位置似乎很近。

日織感覺連天空都因她僭越的心願而不悅，或許是因為罪惡感吧。她欺瞞世人，苟活於世，還奢望當上龍之原的皇尊、央大地的核心人物，連她都覺得自己太僭越了。

（可是，姊姊，我一定要這樣做。）

日織抬頭望著陰暗的天空。

（我已經下定決心，為了對抗害死妳的一切事物。還有……）

她想到了如今還活著的遊子，接著又想到了禍皇子。

（為了不讓活著的人被殺死，我一定要對抗。）

僭越。沒有自知之明的罪人。騙子。無論被人怎麼說，無論變成怎樣的人，她都不在乎。

日織慢慢地邁步前行。走到大殿附近，就看見很多采女和舍人在東奔西走，他們似乎很亢奮，講話比平時大聲，動作也很急促。有一位采女看到日織，就屈身走近，在日織面前行禮。

「恭候日織皇子殿下大駕。淡海皇子殿下在大殿等您。」

「真尾、阿知穗足和造多麻呂呢？」

「已經派人去請了，但他們三位住得離龍稜比較遠，還沒到。」

「只要淡海叔祖父在，那就行了。」

日織在采女的帶領下從廊臺走進大殿。

大殿只有門是開著的，窗子全部緊閉，殿內一片昏暗，三腳燈臺以相同的間距羅列。空露留在門邊，他和日織互望一眼，神情嚴肅地盯著殿內。

大殿底端放著寶案，兩邊擺著特別高的燈臺。遷轉透黑箱透明而晶瑩，反射著搖曳燈火的光芒。面容白皙的淡海皇子站在一旁，帶著懷疑和迷惘的表情迎接日織。

「日織皇子，聽說您找到龍鱗了？」

「是的，我找到了，我現在就要把龍鱗收進遷轉透黑箱。」

「您把龍鱗帶來了嗎？」

「沒有。」

聽到日織的回答，淡海皺起眉頭。

「您沒有把龍鱗帶來？」

颼的一聲，突然變大的雨勢招來一陣風，燈臺上的火苗同時往大殿內側傾斜。

三

「是的，我沒有帶來。」

「您不是找到龍鱗了嗎？」

「我確實找到了，但是要得到龍鱗必須有遷轉透黑箱。所以我要拿走遷轉透黑箱，放入龍鱗之後再送回來。我想借用遷轉透黑箱。」

淡海的眼中浮現警戒的神色。

「沒有這箱子就拿不到嗎？怎麼會……」

「日織根本沒有找到龍鱗吧。」

嘲笑的聲音從門外隨風飄進來。是不津。

日織沒有回頭。

（我就知道他會出現。）

采女和舍人鬧成那樣，不津當然會注意到，他只要隨便抓個人來問，就會知道日織已經找到龍鱗了。不津聽到這件事，自然不會安分地待在宮裡。

「我想借用遷轉透黑箱。」

日織不理會不津，再次向淡海堤出請求。不津一聽就笑著說：

「不如就借給他吧，淡海叔祖父。如果日織真的找到了，我一定要親眼見識一下大家苦苦找尋的龍鱗。」

聽他這揶揄的語氣，似乎完全不相信日織說的話。這很合理，眾人找了那麼久都沒找到，現在突然聽到有人找到了，他當然不相信。

淡海猶豫了一下，才點頭說：

「好吧，您可以拿走，但我也要一起去，否則無法讓您借用。」

「請便。」

日織回答後，不津也跟著說：

「我也要去。」

深深的厭惡感幾乎令日織失去冷靜，但她還是努力克制，用不帶感情的語氣回答：

「想跟就跟吧。」

日織走到寶案前，摸了摸暹轉透黑箱。

這長方形的水晶箱大約有成年人手掌的四倍大，摸起來冰冰涼涼的。箱緣和蓋子邊緣都刻了簡單的蔓草花紋，除此之外別無裝飾。日織用雙手捧起箱子，感覺很沉重。

蓋子蓋不上，因此日織用眼神示意空露拿著蓋子。
日織帶頭先行，空露跟在後面，淡海和不津也跟在他們身後。
「要去哪裡？」
淡海問道。他一定很擔心。
「現在要去龍稜的頂端。」
一聽到這句話，連空露都露出了不安的表情。他用眼神詢問「去那裡做什麼？」，但日織只是輕輕點頭，繼續往前走。
一行人從廊臺走到懸空的迴廊，繼續爬上龍稜的山頂。
越往上走，風就變得越大。遠方的雷聲逐漸朝龍稜逼近。
爬到山頂，迴廊就中斷了。有位黑衣青年站在迴廊盡頭的屋簷下，長髮寬鬆地紮成一束，盤著雙臂，俊美的臉龐用充滿戒備的眼神看著來人。
（悠花，你來了。）
一看到悠花，淡海和不津都露出懷疑的表情。
「這人是我叫來的。他是來幫忙的護領眾。」
「有那麼俊美的護領眾嗎？」
日織假裝沒聽見淡海的發問，逕自走向悠花。
「來得好。我想請你幫忙。」

「我要做什麼？」
日織轉身面對空露，努了努下巴。
「把蓋子給他。」
「蓋子？」
空露一臉詫異，但日織小聲說了「拜託」，他只好依言把蓋子交給悠花。悠花接過水晶蓋子，一臉困惑地看著日織。
「你拿著那個，跟我走。」
悠花順從地點頭。
「你打算做什麼，日織？快點讓我們看看龍鱗啊。」
不津靠在柱子上，用一副看好戲的態度輕浮地插嘴道。
「我會讓你看到的。」
日織低聲回答，而後轉向淡海。
「我現在就把龍鱗收進遷轉透黑箱給你們看。」
說完之後，日織走進雨中，悠花和空露都跟了過去。
雨水嘩啦啦地打在日織的額頭臉頰和肩上，一下子就淋得她全身溼透。一旁的悠花和空露也都溼了頭髮，水滴流到額頭上。接近頂端時，天空發出呻吟般的轟隆聲，彷彿隨時都會有雷劈下來。

龍稜的尖端如巨大的爪子一樣彎曲，細細地伸到半空。日織站上頂端，悠花也跟在她身邊，空露單膝跪在後方。

兩人靠近山崖的邊緣時，立刻有風雨從龍稜下方的岩壁強勁地吹來。

下方的景色是一大片被雨水浸得隆起的溼草地，更遠之處有池塘和湖泊，水邊的鄉里散布著密集的屋舍，如水墨畫一般，更遠處則是高聳的祈峰。環視一周，可以望遍圍繞著龍之原的山脈。

「日織。」

悠花呼喚著在雨中瞇眼凝望的日織，她轉過頭來，看見悠花一臉擔心。

「妳真的找到龍鱗了嗎？龍鱗在這裡嗎？」

日織微笑。

「是啊，我找到了，就在這裡，在我們的眼前。」

「我沒看到哪裡有龍鱗。」

「那我就收起龍鱗給你看看。」

日織雙手舉起遷轉透黑箱，把內側朝向自己，透過底部可以看見龍之原的景色。因為箱子是透明的。

就在此時……

遷轉透黑箱被日織雙手碰觸的地方漸漸變霧發黑。

變霧的部分如暈染似地漸漸擴大，彷彿是因她手掌的溫度而變色，不只範圍緩緩擴大，顏色也漸漸變深。

（有反應了。）

日織不自覺地露出笑容。

（我沒有猜錯。）

悠花目不轉睛地注視著遷轉透黑箱。

空露用力握緊擱在膝上的拳頭。

站在迴廊的淡海和不津似乎還不理解發生了什麼事，都面帶懷疑地看著日織。

日織一邊透過箱底眺望龍之原的景色，一邊慢慢轉身。

遷轉透黑箱像是配合著她的動作，變霧發黑的範圍不斷擴大。

「為什麼？明明沒有龍鱗……」

悠花喃喃說道，突然有一道白光撕裂了天空，隨即爆出一聲撼動五內的巨響。

日織被這巨響震得有些耳鳴，但還是平靜地回答：

「龍鱗在我們眼前。龍之原就是一片龍鱗。」

日織繼續說：

「據說遷轉透黑箱收藏的是地大神地龍的鱗片，但是你想想看，地龍有多麼巨大。地龍能把整片央大地乘載在身上，就算只是一片鱗片，也絕對放不進這麼小的箱子。所謂的地龍鱗片其實是個比喻。」
遷轉透黑箱有一半都變黑了。接觸到日織手掌的部分已經黑到發亮。
從遠方應該也能看到這種變化，淡海和不津都一臉驚愕，從屋簷下向前走了幾步，完全不在乎被雨淋溼。
「所以我領悟到，地龍的鱗片是指覆蓋在地龍之上的東西，那就是大地。央大地有一原八洲，你比較一下國土大小就能得到答案了。」
「原來是這樣……」
悠花恍惚地說著。
「每一洲的國土都差不多大，但龍之原的國土只有一洲的十分之一。」
「沒錯。整片央大地有八十一個龍之原那麼大，覆蓋在地龍之上的鱗片數量也是八十一。龍之原占了其中的八十一分之一，等於是其中一個鱗片。我不知道這只是巧合，還是出自地大神的手筆，總之一原八洲的存在是經過刻意安排的。」
日織喘了一口氣，斷言道：
「龍鱗指的是龍之原這片土地。」
日織對此感到敬畏。

她對宇預無辜喪生的命運、對不顧宇預屍首逕自飛去的神之眷屬都感到氣憤難耐，寧死不肯遵從。如今她對抗命運和神的鬥志依然不減，但對手的浩瀚卻令她畏懼到近乎絕望。

說不定連央大地都是神及其眷屬設立的，親眼目睹了這個事實，令日織不禁覺得自己的反抗在神的眼中渺小到不值一提。

（即使如此，我還是會為了實現心願而反抗。）

日織緊咬著流入雨水的牙關。

「就算知道龍鱗是指龍之原這片土地，我還是不知道要怎麼收進箱子。大地不可能放進箱子裡。但是我們有居鹿的協助，她說的話讓我明白龍鱗和遷轉透黑箱是成對的，沒有遷轉透黑箱就拿不到龍鱗。一聽到遷轉透黑箱的特性和收進大地有關，我就想通了，這箱子最顯眼的特徵只有一個，那就是透明。」

巨大的東西從遠方觀看會變小。

從龍稜的山頂可以一眼望遍整個龍之原。

所以傳聞才說龍鱗只存在於龍稜。護領山不行，因為被龍稜和樹木遮蔽，站在護領山的任何一處都無法望遍龍之原。整個國內唯一能毫無阻礙地望遍整片國土的地方，只有龍稜的山頂。

把這一大片土地收進箱內，意思就是把這片遠景收進箱中，也就是透過箱底眺望。

從箱子內側透視，景色就盡在箱中了。

整片大地都能收進箱中。

日織透過箱底環視龍之原的遠景一圈，發黑的部分由邊緣往中央侵蝕，原本透明的箱底也完全變黑了。日織拿著漆黑的水晶箱朝向悠花。

「悠花，蓋子。」

悠花手上的蓋子還是透明的。他小心翼翼地把蓋子放到箱子上。

兩者緊緊地相嵌。

遷轉透黑箱的蓋子原本蓋不上，但箱子變色之後就順利地蓋上了。和箱子嵌合的瞬間，蓋子立刻變得漆黑。

日織的手上出現了一個黑色的箱子。

收進龍鱗的遷轉透黑箱。

但是，被變黑的蓋子封住的箱裡並沒有任何有形的東西。

皇尊駕崩後，遷轉透黑箱的顏色會消失，變得透明，蓋子也會打開。據說裡面的龍鱗是自行消失的，事實上龍鱗並沒有消失。

遷轉透黑箱本來就是空的。

「日織獲勝了……」

空露顫抖的聲音傳來。

「日織能成為皇尊了……」

日織和悠花彼此相視，兩人都有些茫然。儘管黑色水晶箱就在眼前，感覺卻很不真實。兩人一再低頭看箱子，又抬頭看著彼此。

「這樣我就可以入道了。」

閃電發出白光，雷鳴撕裂空氣。就在此時……

「沒這回事！」

一聲激動的叫喊劃破了雨幕。日織回頭一看，不津在屋簷下握緊拳頭，渾身顫抖。他指著日織大吼：

「你又沒有找到龍鱗，箱子是空的。你一定是用了什麼伎倆。」

「但是遷轉透黑箱變色了，蓋子也蓋上了，這證明箱子裡確實收納了龍鱗。」

淡海臉色蒼白地回答。即使眼前的畫面讓人難以置信，他依然相信眼見為憑。

但不津並非如此。

「沒這回事，那是假的。真正的龍鱗一定還在某處。日織才沒有資格當上皇尊。」

不津的輕鬆神態和諷刺語氣已經消失殆盡。他本以為龍鱗不可能被找到，幾乎已經確定自己會坐上皇位，所以才會跟來看熱鬧，結果卻完全出乎意料。

他的自信全垮了，死命地做著最後的掙扎。

指著日織的手指因憤怒和震驚而顫抖。

「那是假的！」

「不，日織皇子手中的遷轉透黑箱的確……」

「日織不配當皇尊。」

不津打斷了淡海的發言。

「淡海叔祖父，日織根本不適合當皇尊，他沒有任何願景，只是想要皇尊的寶座。他不像我一樣把心力投注在治理龍之原，也沒想過國家的發展，讓這種人當皇尊真的好嗎？」

「真奇怪呢。」

悠花在雨中轉過身來，冷冷地說道。

「您自己不是說過，只要擁有皇尊一族的血統，誰都可以擔任皇尊嗎？」

不津被悠花堵得說不出話，但還是瞪著他說：

「我不知道你是誰，這裡沒你說話的分。我的確說過誰都可以當皇尊，正是因為誰都可以，所以沒必要讓一個罪人來擔任皇尊。」

淡海變了臉色。

「罪人？你說日織皇子犯了罪？」

「日織違背了皇尊發布的法令，這難道不是犯罪嗎？他漠視法令，縱容自己的慾望。這種人根本不該成為皇尊的人選。」

「什麼意思？」

「日織娶了遊……」

不津正要回答淡海尖銳的問題時……

「日織殿下手中的龍鱗是假的！真正的龍鱗在其他地方！」

一個清澈高亢的女性聲音蓋過了雨聲。日織對這個帶點大舌頭的稚嫩嗓音非常熟悉。

（難道……她怎麼會在這裡……）

不只是日織，連不津和淡海都臉色大變。聲音是從淡海和不津後方的迴廊傳來的。所有人的視線都朝那人望去。

第八章　光芒展露

一

「真正的龍鱗在其他地方！」

高聲喊著的少女連頭髮都沒綁，似乎是匆匆趕過來的，她全身都溼透了，嘴邊也沒點上靨鈿。鴨綠色的背子，大紅色的纈裙，披巾沒有披在肩上而是抱在懷裡，但還是被淋溼了，尾端垂到膝上。她的打扮總是給人一種天真活潑的印象，此時的她卻沒有半點幼稚的感覺，不只是因為溼答答地貼在身上的衣服和頭髮，更是因為她抿緊嘴巴的表情和冷靜到令人畏懼的眼神。

「月白。」

日織困惑地叫著她的名字。

（她跟過來了？為什麼？）

剛才見面時，她完全沒有打扮，只穿了一件內衫。大概是大路幫她打理的吧。
日織不明白她為何如此急著趕來。她剛剛說了什麼？真正的龍鱗在其他地方？
月白沒有看日織，而是盯著不津。
「不津大人，請跟我來，我要將龍鱗獻給您。」
她嚴肅地說道，不津的臉上充滿期待和困惑。
「獻給我？妳是說要把龍鱗給我？」
月白點頭。
「我要回報您保護我的恩情。」
「妳知道龍鱗在哪裡嗎？」
「我已經查到了。」
日織、悠花和空露都愣然地來回望著月白和遷轉透黑箱。
（真正的龍鱗？）
真的有那種東西嗎？空露靠到日織身邊，低聲說：
「不可能的，龍鱗應該只有放在遷轉透黑箱裡的這一個。」
「可是……」
聽到月白說得那麼斬釘截鐵，日織大感混亂。難道自己找到的不是真的龍鱗？
畢竟誰都沒有見過龍鱗，會弄錯也不是什麼奇怪的事。空露察覺到她的動搖，嚴正地說道：

「遷轉透黑箱變色了，關上了，這證明龍鱗是真的。不要慌張，也絕對不要放下箱子。」

不津的臉上寫滿了安心。

「看來還是有人懂規矩嘛，日織。就是你的妻子，而且是月白，這就更諷刺了。」

他轉頭看著日織，眼神非常認真。

「我想改變龍之原，我無論如何都要得到皇尊的寶座。我不像你只是毫無理由地想要皇位，我要守護你不放在眼裡的秩序，讓每個人都各歸其位，打造出不輸八洲的國家。」

說完以後，他傲然抬頭，朝月白走去。

「月白，等一下，這是怎麼回事！」

日織捧著遷轉透黑箱衝上迴廊，超越了不津，跑向月白，而月白卻堅決地出言制止。

「日織殿下不要過來！」

被月白一瞪，日織驚恐得停下腳步。她第一次看到月白這麼堅毅的表情。這人真的是她所愛的、也深愛著她的可愛妻子嗎？

不津悠然地從日織的身旁走過，日織口氣尖銳，小聲地說道：

「你知道自己的父親是被誰殺死的嗎？」

不津停下腳步，眼睛仍直視前方，面無表情地回答：

「知道。我也對那人說過『我知道是你殺的』。」

日織睜大眼睛，不津露出苦笑。

「既然知道，你為什麼不追究？」

「如你所見。因為還有利用價值。那人向我保證，如果找到龍鱗，會在你拿到之前先通知我，所以我也答應不會揭穿那人的罪行、過去和祕密。如今看來，回報比我想像得更大。」

看到日織連話都說不出來，不津似乎很得意，繼續走向月白。月白朝著走到她面前的不津屈膝行禮，那是表示服從的姿勢。

「月白，妳知道真正的龍鱗在哪裡嗎？」

「是的。」

「那就帶路吧。」

說完之後，不津轉頭對淡海說：

「淡海叔祖父，我會讓您看到真正的龍鱗。」

淡海看看日織手中的遷轉透黑箱，又看看往前走的不津的背影。

「還有真正的龍鱗？可是遷轉透黑箱的蓋子蓋上了，箱子也變黑了，這就是收進龍鱗的證據啊……」

淡海白皙的手指一再摩娑布滿皺紋的額頭，一副不解的樣子，但還是跟著不津走了。

悠花和空露站在日織身旁。

悠花按著日織的背，像是在叫她一起去。他的視線緊盯著行走姿勢端正的不津，還有為他帶路的月白的堅定背影。

「日織。」

悠花和空露也隨著日織向前走。

日織一邊跟著月白和不津，一邊確認著手上箱子的光滑觸感。遷轉透黑箱就在這裡，蓋子蓋上了，顏色也變黑了。

這龍鱗應該是獨一無二的。

（月白……）

日織在心中默默呼喚著頭也不回的妻子。

（月白，妳到底在想什麼？到底想做什麼？）

日織昨晚已經想到了殺害山篠的人是誰。

山篠是在榆宮遇害的。沒人知道凶手為什麼故意在榆宮殺死山篠，不過，會不會根本沒有任何目的或意義？若真是如此，那就是臨時起意的殺機。有人在沒有預謀的情況下殺死了山篠，驚慌地移走屍體，但男人的身體太重，沒辦法搬得太遠，搬到途中就支撐不住，只能先把屍體放在廊臺上，因此形成一灘血跡，接著又立刻搬起沉重的屍體。

但是走到正殿前方時，沒力氣再搬下去，只好放棄。

結果屍體就被棄置在那裡了。

凶手是力氣不大的女子。

一個女人搬不動男人的屍體，最少要有兩個人。

楡宮裡的女人只有杣屋、大路、月白。杣屋是不可能的，因為悠花一直和她在一起。這麼說來，就只剩月白和大路了。

搬運屍體的是月白和大路，殺害山篠的應該是她們之中的某一人。

原因就是山篠的胸前有傷口，衣服卻沒有破洞。日織起初以為是凶手殺了山篠之後幫他換了衣服，但她猜錯了。

事實上，山篠被殺的時候沒有穿衣服。他赤裸的胸口被刀子刺入，死後才被人穿上衣服。

他脫衣服是打算做什麼？月白用從悠花住所偷來的防身短刀殺死了來找她的山篠。她之所以會偷走悠花的刀，大概是因為來到龍稜之後感到了危險。因為當時日織要去祈社，令月白非常不安。

殺害山篠的是月白。

不津明知如此，卻沒有任何反應。他對親生父親竟然也這麼無情，日織不禁愕然。他為了達到自己的目的，連父子之情都不顧了。

或許這才是統治者該有的資質吧。

（月白，妳說想要回報不津保護妳的恩情，但妳真的感謝他嗎？妳還說真正的龍鱗在其他地方？真的有那種東西嗎？就算真的有，妳是怎麼找到的？）

日織很想跟月白說話，但現在的她和稍早之前簡直判若兩人，看都不看日織一眼，筆直地向前走。月白這副模樣讓日織覺得好陌生。

（月白，妳是怎麼了？月白……）

她挺直的背脊看起來好可憐，日織真想抱緊她，讓她盡情撒嬌。雖然她準備背叛日織，這也是無可奈何的，她非這麼做不可。

月白是為了保護自己。

她一定不希望自己的祕密被任何人發現，包括日織在內。

出了迴廊，朝向大殿。離開迴廊的屋簷下，繞到大殿後方。

磅礴的水聲蓋過了雨聲。大殿後方的陡峭岩壁噴出滔滔不絕的流水，落下，注入深潭。沒人知道這麼多的水是怎麼來的，或是從哪裡來的，也沒人知道水都流到哪去了。

瀑布潭的邊緣疏落有致地圍繞著大小岩石。溼潤的岩石覆蓋著青色綠色或深或淺的厚厚青苔，岩縫之間冒出羊齒蕨。

月白站在靠近水面的一塊平坦岩石上。

「除了不津大人之外，其他人都別靠近。」

月白的語氣雖然毫無威嚴，卻有一種拚命的感覺。淡海、日織、悠花和空露都停下腳步。大雨落在所有人的身上，雷鳴聲撕裂了天空。

采女和舍人們都察覺到異狀，好奇地聚集在大殿外的廊臺上。

月白站在潭邊，頭髮和衣服很快就因為激烈的雨勢和瀑布水花變得溼淋淋。不津也渾身溼透地走近深潭。

閃電的白光落下，不津的臉頓時發亮，同時也打出了深深的陰影。

雨聲、瀑布聲和雷聲全混在一起，聲音撼動全場。

「龍鱗藏在潭裡，仔細看就能看見。」

「在潭裡？」

「是的，伸手就能摸到了。」

月白靠到岩石邊緣，讓出位置，不津走過去看著深潭。

閃電劈落。

就在此時。

另一樣東西發出光芒。那是鋼製的刀身。

在望著深潭的不津背後，月白的手中握著疑似從日織身邊偷來的刀。她從懷裡的披巾底下抽出刀子。

月白雙手握刀，朝不津的背後刺過去。

「月白！」

日織急忙叫道，做出反應的卻是不津。他轉過頭來，看見刀刃，立刻抓住月白的手腕，把刀搶過來。

「妳騙了我嗎！」

不津勃然大怒，不加思索地揮出刀。

一排站在大殿廊臺上的采女都尖叫著遮住臉。

月白身體後仰，搖搖晃晃，像是承受不了劇烈雨勢，從岩石倒向一片泥濘，周圍的泥水一下子全染紅了。

「穢事！」

有個舍人叫道。

不津像是想要躲開某種可怕的東西，匆匆地朝大殿的方向後退，遠離深潭和倒地的月白。他停下腳步，愕然地看著自己手上那把沾血的刀，以及趴在遠方的月白。

「月白！」

日織把手上的遷轉透黑箱塞給悠花，正要朝月白跑去。

但是……

「別過來！」

月白的悲鳴令日織停下腳步。

「月白？」

月白雙手按在泥中，支起上身，攀著深潭邊緣的岩石，想讓顫抖的雙腿站起來。她好不容易攀著岩石起身，衣服卻多了一條從右鎖骨到左腰的裂痕，上半身全是血。雨水和瀑布的水花把血跡暈染開來，衣服漸漸染紅。

「月白！」

月白全身顫抖，臉孔扭曲，氣若游絲地說「別過來」。

不津依然呆立不動，靜靜望著渾身是血、掙扎著站起的月白。

「把用血玷汙龍稜的人抓起來！」

厲聲大叫的人是空露。幾個舍人聞聲而動，從大殿跑出來，踩著泥水衝向不津。沾血的刀從呆立的不津手中被奪走，他整個人被按倒在泥濘中。

「快擊角！」

一位采女大聲下令，一群舍人立刻跑去找鹿角。

被按倒在地、臉頰沾著泥巴的不津拚命地抬頭大叫：

「我明明是受到攻擊，大家都看到了！放開我！」

「就算是這樣，用血玷汙龍稜還是有罪。淡海皇子殿下，請您明察。」

空露的話令淡海有些慌張，他的視線不安地游移。

「可是……那是因為不津王受到了攻擊。但是把血……」

「這事不能置之不理！用血玷汙龍稜，而且還是在大殿附近，就是不尊敬神和皇尊。這是大不敬之罪，八虐之一。以神職者的立場而言，這是絕對不能饒恕的大罪！」

淡海大概受到空露的氣勢懾服，語氣軟弱地下令：

「把不津王帶到楠宮正殿，綑綁起來，派人看守。雖然無奈，但我不能讓犯了八虐之一的人逍遙法外。」

「淡海叔祖父！」

不津出言抗議，淡海搖頭說：

「請靜候發落吧，不津王。等到皇尊決定如何處置。」

「我就是要成為皇尊的人。」

「要成為皇尊的另有其人。日織皇子先前已經拿到龍鱗了。」

不津被舍人們拖走了，日織看都不看他一眼。

月白的傷勢和出血非常嚴重，日織擔心得不敢把視線從她身上移開片刻。激烈的雨勢落在日織和月白的頭上。

周圍亮起白光。天空劈下一道閃電，隨即爆出地鳴般的雷聲。

「月白……」

日織低聲叫著，像是要避免嚇到她，慢慢地走近瀑布。

月白轉動眼珠，盯住日織。

「日織殿下……」

月白正要回應，突然吐出血沫。

「月白！」

日織想要跑過去，低頭吐血的月白卻尖聲叫道：

「別過來！拜託您！」

日織不得不停下腳步，再次僵住不動，伸出的指尖空虛地承受著雨滴。月白抬起蒼白臉孔看著日織，她全身顫抖，嘴角沾著血，視線沒有焦點。那悽慘的模樣讓日織的聲音忍不住發抖。

「月白……」

「痛……好痛……」

月白肩膀起伏，臉孔扭曲地說道，她似乎想把注意力從痛楚轉開，卻又做不到。一看就知道她的傷勢深可見骨。她還能站起來不是因為攀著岩石，而是憑著無法想像的意志力。

「月白，冷靜點，讓我幫妳包紮。妳全身都淋溼了，必須換衣服。」

日織怕她太激動，平靜而緩慢地說道。月白眼神閃爍，噙著淚水。

「日織殿下，您知道多少了？」

她斷斷續續地問道。

「妳是指什麼？」

「我的事情。您知道多少了。」

「妳是我的妻子。我只知道這點。還有，我也知道妳很愛撒嬌。」

月白的嘴脣浮現一抹微笑。

「啊啊，原來如此。您會這麼溫柔地跟我說話，一定是全都知道了吧，否則您不會在進入龍道之前還專程來我的住所安慰我。」

「妳在說什麼？」

「這很合理，因為我也知道日織殿下隱瞞的事。畢竟我和日織殿下是『一樣』的。」

日織心中一驚。

一樣。

她不用問也知道這句話是什麼意思。

（月白已經知道了？她早就知道我是女人，而且是遊子？）

兩人隔著雨幕彼此注視。滂沱的大雨打得臉上刺痛不已。天空閃過耀眼的電光。

昨晚，在夜晚的黑暗中，日織想通了所有的事。

她發覺月白是遊子。

（都是因為不津那愚蠢的行動，才讓我發現了不想知道的事。）

不津闖進榆宮時，一看到居鹿，就調侃日織「你對遊子還真是樂此不疲啊」。如果只看到居鹿一人，他不會說是「樂此不疲」，至少要看到兩、三件日織喜愛遊子的實例才會這樣說。

此外，不津還以為悠花也是遊子。是什麼原因讓他認定日織接觸的女人都是遊子？除了悠花從不公開露面之外，如果日織另一位妻子也是遊子，不津會有這種誤解就很正常了。

不津認為日織是出於喜好而故意娶遊子為妻，看到居鹿之後，他更確定了這個猜測，甚至以為連悠花也不例外。

月白從小深居閨中，從不參加族裡的宴會。

說不定山篠就是因此盯上了她，對她提出了向居鹿提過的那種要求。居鹿的父母拒絕了山篠，把居鹿送到祈社，或許月白的父母衡量得失之後還是不願意送走女兒，因而答應山篠的要求……

所以月白才會那麼討厭男人，她在年紀尚幼的時候就已經知道男人的慾望有多醜惡了。

日織幾乎可以確定這就是事實。剛到龍稜的那天，不津問過她「聽說你娶了妻子？如何啊？」，其實是調侃日織在一無所知的情況下娶了月白。此外，山篠去找居鹿是兩年前的事，那是因為他的情婦嫁人了，沒辦法再陪他，他才會注意到居鹿。

兩年前……正是日織娶了月白的時候。

山篠知道月白來到龍稜，一定又跑去找她了，他很清楚月白只能忍氣吞聲，因此為了滿足自己的慾望而厚著臉皮跑來榆宮。但月白已經是日織的妻子，她不願再像過去一樣唯唯諾諾任人擺布，所以她報復了山篠。

不津聽到山篠死在榆宮，多半會猜到凶手是誰，畢竟他早就知道月白的事。

日織一點都不同情被殺死的山篠，但月白因殺死山篠而成了罪人卻使她痛苦萬分。

月白的腳下積了一灘鮮紅的血，經過雨水沖刷，在泥地上擴散開來。再這樣下去她真的會死。

「會感冒的。過來吧。」

日織伸出手，溫柔地叫著月白。

月白很熟悉男人的身體，她動不動就抱緊日織，一定早就發現日織的身體不像男人。

日織一直假扮男人，自然不會刻意隱藏聽不到龍語的事，所以月白一定猜得到日織因為是遊子才要假裝男人來逃過一劫。

月白也聽不見龍語，她只是假裝聽得到。事後想想，日織才發現她有很多不自然的舉止。

因為她之前一直認定「月白聽得見龍語」，所以才沒有注意到。

每當龍現身時，一向陪在月白身邊的大路必定會先開口詢問「沒錯吧，月白小姐？」，她是在提醒月白自己聽見了龍語，月白收到暗示後，就會配合大路的話語裝出聽見的樣子。

（所以那時我才會感到不對勁。）

月白送來白色月草的時候，杣屋跑來傳話，正說到一半，她就聽見了龍的聲音。

杣屋說出自己聽見龍的聲音之前，月白跟日織一樣表現出疑惑的反應。當時大路不在她身邊，沒人提醒她注意。

（我為什麼要讓她過得那麼辛苦呢？如果我早點表明身分，誠實地面對月白就好了。）

日織懊惱得咬牙。
（月白知道我的事，還是那麼地愛我……）
月白知道日織是女人，又是遊子，卻還是愛著她。
日織親眼看見月白準備殺人的瞬間，也知道她確實殺過人，但日織只覺得可悲和憐惜。日織一心只想救助這可愛的女孩。
（我當初沒來得及救姊姊。）
日織彷彿又看見了宇預被丟棄在溼草地上的屍首。她不希望再發生這種事，再也不想看到她愛的人、愛她的人遭到悽慘的下場。
「好了，過來吧，月白。來這裡。」
日織慢慢向前走，溫柔無比地伸出手，呼喚著她。
「日織殿下……」
月白像是被她吸引，右手也朝著日織伸出去。
兩人指尖相觸。
（月白！）
碰觸到她指尖的瞬間，月白如同被燙到，驚恐地把手縮回去。
「不行！」
「為什麼？」

「因為日織殿下已經知道我所有的事了。」

月白全身劇烈地顫抖，看得日織心驚膽顫，說不出話。不能再拖延了，一定要趕緊幫她止血。

「我不知道。」

「就算本來不知道，遲早也會知道的。因為我打算殺死不津大人。」

月白的聲音嘶啞。或許是身體已經麻木，她因痛楚而繃緊的臉孔漸漸放鬆，但臉色和嘴唇都變得更蒼白。她肌膚的顏色像是被不斷打落的雨水和瀑布水花漸漸洗掉了。

「那種事一點都不重要。過來這裡，月白，拜託妳。」

日織懇求地說。

但月白只是冷眼盯著自己腳下的血水，沒有回答。相較於企圖殺人的罪惡感，她似乎更介意這件事被日織看見。

「我想殺他的理由遲早會被查出來，這麼一來日織殿下就會知道了。」

日織的懇求沒有傳進月白的耳中。她彷彿是在自言自語，日織回答說：

「我保證，我不會去查的。」

月白抬起頭，視線飄忽不定，像是在夢遊一樣。

「啊啊……原來如此。您會這樣保證，想必是已經知道了。」

「不是，不是的，月白！」

日織只能這麼說。她也很清楚，再怎麼否認都騙不過月白。

「我不希望這樣。我最不希望的就是被日織殿下知道我所有的事。如果日織殿下獲勝，不津大人一定會把我的事說出來，藉此剔除掉日織殿下。我不希望這些事被日織殿下知道，也不希望被大家知道。我好怕。所以……」

絕望如果化為表情，大概就是這樣吧。月白的表情既無力又柔和，像是在笑，又像是在發呆。

好可怕。

絕望的表情竟然如此駭人。彷彿一切都是徒勞，既沒有未來也沒有光明，安詳而平淡地透露出死亡的陰影。

（別這樣！不要啊……）

漆黑的不安湧上心頭。

「可是，日織殿下，我並不是為了自己。我希望日織殿下當上皇尊，所以……」

兩人視線交會。

「月白……」

「日織殿下，請成為皇尊吧。您的朝代一定能讓大家幸福地生活。無論是居鹿還是其他人。」

月白露出微笑。
她露出可愛的單邊酒窩微笑著，接著往後方縱身一跳，鮮血飛濺。
「月白！」

二

一大片水花潑向邁足狂奔的日織。她不顧一切地衝到深潭邊，跪在鮮血淋漓的岩石上，伸長了手。
「月白！」
她上身前傾，幾乎要掉下深潭，這時後面有一雙手抱住她的腰。
「危險！」
是悠花的聲音。日織沒有回頭，依然注視著潭中。
水流湧動翻騰。大概是不可能浮上來了。
「月白！」
因為被悠花牢牢抱住，日織伸到半空的手指無法探得更遠，連吞噬了月白的洶湧水面都摸不到。

「月白……」

手指失去了力道，全身也跟著虛脫，兩手頹然垂下。水花和雨滴打在睫毛上，滴落，視野逐漸模糊。全身發冷。瀑布落下的聲響像是碾壓著日織。

「我……」

她擠出聲音。

「沒救到她……」

雙手摀住臉。

突然有某種情緒從心底湧出。

（姊姊！姊姊！我又失敗了！）

這次還是沒有救到。

她沒有救到自己無比憐愛、想要永遠珍惜、永遠保護的人。

她最愛的姊姊宇預，還有她疼愛得不得了的月白。日織一次又一次眼睜睜地看著所愛的人、愛她的人死去。無力感奪走了她的力氣。

淋著大雨，全身又溼又冷，只有流下臉頰的一滴滴淚水是滾燙的。

心中湧出的情緒和腦子裡的思緒互相衝突，亂成一團。她的所有想法和記憶都被擾亂，互相混合，混亂到連自己身體的輪廓都感覺不到。

淡海和采女及舍人們也是愕然呆立。他們如同被石化，在激烈雨聲和雨水的帳幕之後化成一片灰色的影子。

眼前是翻滾打轉的潭水，頭上是滂然砸下的水聲。

悠花在後方緊緊抱著日織。

「不要哭。」

「我沒救到她。我已經……」

「妳還有機會。」

「我沒救到她！」

日織高聲反駁。

「我已經……」

她一邊哭，一邊發出自嘲的笑聲。

「已經……」

她的心痛得像是被撕裂。想要哭喊，卻連聲音都被心痛淹沒。

她淋著雨，濺著水花，全身溼透，時間彷彿靜止。

日織心亂如麻，後悔和悲傷在胸中肆虐，雙腳好像沒力氣再站起來。希望和一切都在此時此刻消失了，腦海一片空白。

只有一個名字還在心裡不斷地迴盪。月白。

有個聲音在她的體內悄悄說著「已經完了」。

（我是那麼地想救她們，結果誰都沒救到。我再苟活下去，也只會不斷看到深愛的人死去。）

聲音從摀著臉的手掌下流出。

「我一個人都救不了。就算我的身分改變了，還是會發生相同的事。」

從背後抱住日織的手臂突然用力扣緊。

「妳還有機會，妳還能救居鹿，還能救我。」

救我。

這句懇求敲響了她徬徨的心。

「救我，日織。」

有人在叫她。

在極度的混亂中，這懇求的聲音像針一樣刺入日織的心中。

救我。

至今從來沒有人對日織說過這句話。

第一次聽到的呼救聲，讓她頓時清醒。

日織一直以來都想拯救別人，但那只是她自己的想法，只是自己的一廂情願。

這種東西一旦遭受打擊，當然會輕易地碎裂崩毀。

但這聲呼救是另一個人的想法流入了她的心。

這流入的想法支撐著日織瀕臨崩毀的心。

（求救？向我求救？）

從背後抱著日織的悠花溫柔地說著：

「有些人救得了，有些人救不了。雖然很悲哀，但這就是現實。即使如此，妳也不能丟下將來或許救得了的人。妳不是還要去問神嗎？妳應該有很多想問的事吧？」

悠花的聲音平靜又沉著。

「我不會說這是為了月白，也不會說這是為了妳亡故的姊姊。妳沒有救到月白和姊姊是事實，她們的痛苦和死亡不可能改變。但妳或許還有其他事能做。妳或許救得了我們。」

宇預的死、月白的死、她們的痛苦、日織救不了她們的無力感，這一切都不可能改變。除了這件鐵一般的事實之外，後面那句話也在她的耳中繚繞。

還有。

悠花說了「還有」。

「為了我們，妳要當上皇尊。妳已經找到龍鱗了，目標就在眼前。站起來，日織，去龍道，去實現妳的心願，然後來拯救我們。」

她從摀著臉的指縫間看見了水花打溼的岩石。一株小草從岩石之間死命冒出頭來，那是月草。翠綠溼濡的葉子，白色的花朵。

雨下得這麼劇烈，月草卻開出了花。即使雨水毫不留情地砸下，它還是開了花。

（這裡竟然有白色月草。）

日織感覺月白正在看著她。

「日織，救救我們。」

她被悠花拉得往後仰，原本聚焦於翻騰水面的視野突然顛倒，俊美青年淋溼的臉龐近在眼前。日織被單膝跪地的悠花抱在懷裡，背靠著他的腿。雨水直接落在她的臉頰、額頭和眼中。白光在悠花的背後閃過。是閃電。

悠花輕輕摸著日織的臉頰。

「我沒救到她。」

「我知道。」

「你明明知道，還向我……」

悠花點頭。

「我們把希望寄託在妳身上，期待妳能救我們。」

「我還救得了別人嗎？」

「我不知道。」

悠花輕鬆地回答。

「可是，如果真的有人救得了我們，那一定是妳。只有決心挑戰神、質問神的妳做得到。」

悠花身體前傾，近得能感覺到他的呼吸。

「求妳救救我，我的夫君。」

日織無意識地伸出手，摸著悠花的臉頰。

「我的愛妻。」

悠花露出微笑。笑得非常美麗。

（我得保護他、拯救他……我還有要做的事。）

對不起，月白。道歉的話語如雨聲一樣不停在心中迴盪，但日織還不能絕望，因為她娶了這位妻子。

她無法漠視妻子絕望的懇求，那就像是漠視月白的懇求，是她無法容忍的罪過。她卑劣地苟活，欺瞞著世人，對神懷著恨意活到今天，到底是為了什麼？

「日織。」

空露輕聲叫道，聲音幾乎被雨聲淹沒。日織轉動視線，看見空露捧著遷轉透黑箱跪在悠花身旁，眼中明顯閃爍著不安。就連擅長克制感情的他也流露出慌張。

空露也寄望著她。他恨現實無情摧毀了他的戀情，不肯屈服於命運，懷著和日織相同的僭越心願，陪伴她長達二十年。雖然空露從沒說過，但他一定也想對日織說出這句話。

救救我。

只有少數人有資格當皇尊。在空露的身邊，能幫他實現心願、能平息他的憎恨、能拯救他的人只有日織。

但是，把希望寄託在日織身上讓空露感覺自己利用了日織，所以他才難以啟齒，難以開口請她拯救他。空露果然是個體貼的男人，宇預會愛上他也是自然。

（我一點都不體貼。我只是照著自己的心意走到今天，是個只在乎自己的任性傢伙。正是因為如此，若是我的任性符合某人的心願，我就該任性到底。）

她激勵著自己。無論如何都要實現心願。

「空露。」

日織的聲音依然有氣無力，不過還是清晰地下令：

「我要去龍道。快準備。」

即使流著淚，即使癱在地上，日織還是非去不可。

「去龍道。」

她把摸著悠花臉頰的手移到他的肩上，悠花會意過來，便把日織扶起。日織被攙扶著起身，腳步有些踉蹌，她攀著悠花的肩膀，轉頭望向背後的瀑布。

（月白……）

日織想起了月白投水之前的笑容。

——日織殿下，請成為皇尊吧。

她彷彿聽見了聲音。當時月白說的話，日織根本沒有聽進去，但她現在終於理解了那句話。

（月白……）

淚水再度湧出。

月白的人生到底有多苦呢？想必比日織還要痛苦得多吧。

日織真想更疼愛月白。如果自己早點對她吐露祕密、共享祕密，多少紓解一下她的痛苦、恐懼和屈辱就好了。

既然她之前沒有做到，至少現在要實現月白的心願。

月白的心願就是看到日織的朝代來臨。

日織向前踏出一步，身體突然一傾，悠花趕緊扶住她。

空露帶頭走向大殿，並以蓋過雨聲的宏亮音量喊道：

「被選為皇尊的是日織皇子！沒有其他能坐上皇位的人了！人們已經選擇了日織皇子，接下來就交由地大神選擇。日織皇子現在就要入道。」

雷聲轟隆響起。

現在的情況很詭異。雖然龍鱗找到了，但兩位皇尊人選中的一人砍傷了另一人的妻子，犯了八虐的大罪，遭到逮捕，被砍傷的女子還投水了。

「何必急著立刻入道？至少等真尾和左右大臣來了再……」

淡海皇子顫聲說道，他的白皙皮膚在大雨之中更顯得蒼白。

空露逼近淡海，邊走邊用雙手捧起遷轉透黑箱，像是在展示證據。暴雨在光滑晶瑩的黑色水晶箱表面彈開。空露鏗鏘有力地說：

「找到龍鱗的就是皇尊，規矩不是這麼訂的嗎？立刻入道有何不妥？」

「可是不津王……」

「那是日織皇子得到龍鱗之後的事。無論發生了什麼事，都跟日織皇子得到龍鱗的事實無關。」

空露眼神銳利地瞪著淡海，把遷轉透黑箱高舉到眼前。

「日織皇子找到龍鱗就有資格入道，這是前皇尊訂的規矩，現在日織皇子要入道，誰能阻攔？」

淡海惶恐地往大殿的方向退後，聚集而來的采女和舍人們也都不知該如何是好，擠成一團。

空露再次高聲喊道：

「讓出路來！日織皇子要入道了！」

三

護領山的神域之中充滿了白杉的辛辣氣味和溼氣。建於最高的祈峰上的祈社一向寂靜，但是今天黎明卻亂成一團。從龍稜飛來的鳥兒帶來了一個消息。

龍鱗已經找到，尋獲者是日織皇子，請大祇真尾速來龍稜。鳥帶來了淡海皇子寫的這句話。

真尾在三位護領眾的陪同之下騎馬趕路。為了顯示大祇的威嚴，真尾平時都是搭轎子，但他從信中看出事態緊急。

除此之外，或許也是出自神職者的預感吧。

他的心中不知為何騷動不安。

從祈社到平地的山路兩旁伸出了樹枝，枝葉飽含著水氣，有些低到幾乎觸及頭頂。馬蹄踏過泥濘，黑褲的褲腳都濺了泥水。

馬疾速奔馳，從真尾的皮裘流下的水滴往後飛起。護領眾難得看到大祇這麼急躁，其中一人因雨水打進眼睛而皺著臉孔、大聲問道：

「真尾大人，為什麼要這麼趕？」

真尾抓著韁繩，視線仍然朝向昏暗的山路，回答：

「我不知道。」

「既然龍鱗已經找到，就無須擔心了。」

「確實如此。但是……我不知為何感到很不安。」

□　□　□

同一時間，在龍稜外圍的草原上。造多麻呂只帶著一個隨從，騎馬奔馳於筆直的路上。他說「反正一定會淋溼」，沒聽妻子的勸告穿上防雨皮裘就離開了右宮。他非常焦急。

一收到日織皇子找到龍鱗的通知，多麻呂就立刻命人備馬，想要快點趕到龍稜。用不著淡海皇子催促，他一聽到消息就決定立刻去龍稜。

他的嘴角浮現笑意。

在皇尊人選之中，多麻呂屬意的是日織皇子。不津王是左大臣阿知穗足的女婿，而山篠皇子是不津王的父親，兩人都是穗足的姻親，如果是他們兩人之一當上皇尊，可以想見穗足的氣焰會如何增長。

對年輕的多麻呂而言，穗足是個麻煩的人物。兩人職務不同，彼此之間沒有矛盾，但穗足喜歡表現出一副自己才是掌握龍之原實權的人。事實上，皇尊、大祇和太政大臣都不處理政事，政事是由左右大臣掌管，職務劃分左右是為了防止一人獨攬大權。話雖如此，穗足還是常常仗著自己年紀較長而插手多麻呂的職務。

如果穗足成了皇尊外戚，多麻呂就更難跟他抗衡了。

日織皇子並沒有這些牽扯。

雖然他是個老把自己關在宮裡、跟族人甚少往來的奇怪皇子，但這也沒什麼不好的。皇尊是得到地大神認可、居於龍之原的頂端鎮守央大地的關鍵人物，他只要坐在皇尊寶座鎮守大地就行了。

天已破曉，但龍稜遮蔽著道路，視線依然昏暗，雨勢也依然強勁。

（希望殯雨可以先停止。）

多麻呂抬頭望向一團漆黑、充滿壓迫感聳立在前方的龍稜。他突然發覺，龍稜傳出了劃破空氣的高亢角聲。

「擊角？發生凶事了？」

他不禁脫口而出。不是找到龍鱗了嗎？他的心中湧出疑問和不安。找到龍鱗應該是吉事，為什麼會傳出角聲？

（為什麼？）

聽著黎明前的黑暗中響起的驅邪聲音，他突然想到。

（殯雨真的會停止嗎？）

日織皇子找到了龍鱗，只要他即位成為皇尊，殯雨就會立刻停止。多麻呂明知如此，但角聲和溼衣服貼在身上的不適感增強了他心中的不安。或許是因雨勢太過激烈，不時還有閃電劃過天空、照亮龍稜，他不認為這狂暴的天候真的會平息。

□□□

阿知穗足心焦如焚，邊吼著隨從邊騎馬衝出左宮。

（為什麼不是不津大人啊！）

他氣憤地想著。

突然有舍人從龍稜過來通知他，說淡海皇子請他盡快趕到龍稜，龍鱗已經找到了。穗足一聽就心花怒放，但接下來的話卻令他血色盡失。

舍人說，找到龍鱗的是日織皇子。

穗足不習慣騎馬，使得馬煩躁地昂起頭，穗足還遷怒地大罵拚命拉住馬轡的隨從，要他快點前進。身上的皮裘沒多久就浸滿了水，變得又溼又重，如腦袋被人按住一樣不舒服。

（虧我還獻上兩個女兒給他當妻子。）

穗足藉著這種方式和皇尊一族成了姻親，只要女婿不津王當上皇尊，自己就成了皇尊的岳父，如此他就算沒有皇尊一族的血統，也能得到皇尊一族的尊榮。

穗足從小就很嚮往皇尊一族，就連出身旁系的女人也能聽到龍的聲音，男人還能獲賜宮殿和尊貴的稱號。他很羨慕，想要盡可能地接近他們。

（不津大人到底在搞什麼。）

不津是個精明的人，他應該不會輸給日織皇子，一定是發生了什麼狀況。

（到底發生了什麼事。）

穗足除了焦躁，還覺得背後冒起惡寒。此時電閃雷鳴，惡寒和轟隆聲令他縮起脖子。他彷彿聽見了類似擊角的聲音，但他沒有放在心上。

即使如此，他還是察覺到有些事情不太對勁。

□□□

居鹿坐在東殿主屋的角落看著外面。她在敞開的門邊仰望著廊臺外的灰色天空，杣屋也在她的身邊。杣屋醒來之後發現榆宮空無一人，訝異地四處找尋，才發現了居鹿。

照杣屋所說，連悠花也不在。

聽到一向待在北殿的悠花也不見蹤影，居鹿更不安了。

居鹿對杣屋敘述了她昏迷期間發生的事，杣屋聽了雖然臉色凝重，隨即無奈地嘆息，說「悠花殿下應該跟日織殿下在一起吧」，而後坐在居鹿身邊，說「我們在這裡等吧」。

兩人一起注視著不斷從屋簷落下打在欄杆上的雨滴，以及在遠方發光的閃電。雨水被冷風吹得漫天飛舞，天空依然是灰撲撲的一片，不過還是能隱約看到東西的輪廓和景色。

不久之前傳來了擊角的聲音。居鹿和杣屋意識到情況不對勁，但兩人還是坐著不動。她們冷靜地判斷出最好不要輕舉妄動，應該靜待日織回來，更重要的原因是她們都慌得不知所措。

舍人們雙手拿著鹿角，先高舉過頭敲打出聲，接著移到膝下敲打，再舉到頭頂敲打，重複著這些動作。這擊角的聲音既單調又相互重疊，令人意識到龍稜正受到某種不祥之物的威脅。

居鹿的視線轉向庭院裡的苦楝樹。若是平時應該已經開出了滿樹的淡紫色花朵，但如今殯雨不止，只能隱約看見葉子之間有些白色的花苞。

天已破曉，但是下著殯雨的世界還是一片黑暗。

響亮的角聲令人心驚。

「聽說日織殿下找到龍鱗了。」

居鹿喃喃說道。

「日織殿下會當上皇尊吧？」

居鹿意識到，自己會對杣屋這麼說，是因為有所憂慮。

日織找到龍鱗應該是真的，但她為什麼會如此擔心害怕？

杣屋摟住居鹿的肩膀。居鹿覺得她也是為了排解心中的不安才將自己摟近。

「他會當上皇尊吧？都找到龍鱗了。」

居鹿再次問道。

「得先入道才行。」

「入道之後，他就能當上皇尊吧？」

「是啊，只要能平安結束。」

杣屋望著陰暗的天空，如同祈禱一般。

□　□　□

喉嚨隱隱刺痛。

龍道就像燒著木炭的地窯一樣異常乾燥。以日織為首，幾乎每個人都是渾身溼淋淋地走進陰暗的地道，走得越久，身上的水氣就越熱。日織沾了泥土和鮮血的衣服也不再滴水了。

提著燈的采女走在最前面，日織、空露、悠花緊隨在後，再後面是淡海，還有幾位采女和舍人跟在後方。

地道裡聽不到角聲，腳步聲和衣服摩擦聲格外響亮。

左右兩邊的岩壁以等距擺著常燃不熄的燈火，通過這條窄道，就到達了豎立著巨大黑色門扉——地睡戶——的空間。門扉兩旁各有一座搖曳著火光的燈臺，前方的寶案上放著一把鑰匙。

兩位采女走到寶案旁，把鑰匙交給淡海。

這把布滿青鏽的鑰匙比手掌還大。淡海拿著鑰匙走到地睡戶前方，在舍人的協助之下把鑰匙插進鎖中轉動。鏗的一聲，鎖頭開了，舍人接過鎖頭退開。

三位舍人合力搬開門閂。

門上掛著一條繩子表示此處為神域，采女把繩子也解了下來。

「門鎖已開，恭請入道。」

淡海惶恐地從地睡戶前方退開，低頭說道。采女和舍人也都退到牆邊，跪在地上叩頭。

日織朝地睡戶走近。

門縫鑽出的強勁熱風迎面撲來。

（好熱。）

是因為封印已經解開了嗎？吹出來的風似乎比往常炙熱。門的另一邊想必更熱，但日織非得進去不可。

話說回來，本來就沒人知道門後有什麼東西。知道的只有歷代皇尊，卻從來沒人提過。

問神的時刻到了。

自從小時候看見龍從宇預的屍首之上無情地飛走，日織一直很想問神，宇預真的該死嗎？看到如此不講理的世道，神真的能認同嗎？

（如果神接納了我，那就是神的回答。神認為這世道是錯的，允許我做出改革。）

日織很害怕。

不是害怕問神，而是害怕實際感受到的強勁熱風。這是發自生物本能的恐懼，感受到有生命危險的恐懼，她不知道自己走進熱風是否還能平安無事。日織閉上眼睛深呼吸。

「日織，沒事吧？」

聽到空露的聲音，日織睜開眼睛。

「嗯，我現在很冷靜。不過……」

日織轉頭看著悠花，示意他靠近。悠花表情嚴肅地走過來。日織靠在他的耳邊小聲說話，以免被空露以外的人聽見。

「悠花，我現在就要入道了，但我不能保證自己一定會被神接納。」

「妳真悲觀。」

悠花皺起眉頭，日織搖著頭說：

「我只是說有這種可能。如果我真的不行，之後的事就拜託你了。」

「拜託我什麼？」

「如果我沒有得到神的認可……接著就由你來入道。」

悠花睜大眼睛看著日織。

「妳在說什麼啊？」

「你是前皇尊的皇子，原本應該是由你來繼承皇位的。如果那只是受到人的成見所阻撓，神應該會認可你。」

「日織，妳忘了我是禍皇子嗎？」

日織平靜地低聲回答：

「我記得，但是害怕蘆火皇子前例的是人，沒人知道神的心意。既然如此，那就去問問看神是怎麼想的。」

被稱為禍皇子的蘆火皇子為了坐上皇位而進入龍道，沒有得到神的認可，反而被燒死了。古人認為這是因為蘆火皇子聽得見龍的聲音，但日織並不這麼想。

她認為蘆火皇子是因為犯下重罪、不配當皇尊，才會被神拒絕。

與生俱來的能力，或是生下來就沒有的能力，都只是一種特質，就像每人長相不同，走路快慢不同。人的價值不是由這些東西界定的，她也不認為神會靠著特質來判斷一個人。

但是，如果神真的以此來判斷人，那日織就是神所鄙視的人。由這種神建立的大地不如沉入海底，盡數毀滅。

日織是這樣想的，所以才會賭上性命尋求答案。

既然她膽敢憎恨神，甚至想毀滅神建立的大地，那她就該拿出必死的決心去探詢神的心意。

「去挑戰沒人敢試的事吧。」

「妳是要我拿命來賭嗎？」

「我也是在賭命啊。」

悠花說不出話。他低聲沉吟，片刻之後才說：

「就算我能得到神的認可，也得不到大臣們的認可。事到如今，我哪裡還會奢望當上皇尊？而且還有不津王。」

「不津？」

日織搖頭。她不知道不津會有什麼下場，但她確定不津的夢想已經無望了。

「不津犯了八虐之一，不可能再被選為皇尊。照這樣看來，皇尊人選就只剩你了。如果你入道之後得到神的認可，就能表明身分，你是前皇尊的皇子，而且又通過入道，沒人能挑剔你的。再說你也達成了前皇尊遺言指定的條件，得到了龍鱗。」

「得到龍鱗的是妳吧，日織。」

「蓋上遷轉透黑箱蓋子的人是你。龍鱗雖然是我找到的，但你覺得拿到龍鱗的是誰？是我還是你？蓋上蓋子，把龍鱗收進箱中，是藉著你的手。」

悠花輕輕地叫了一聲「啊」，似乎大感驚愕。

「所以……所以妳才會叫我去那個地方……」

日織點頭。

打從一開始，日織就想過自己有可能被燒死在龍道，也想過無法實現心願時還有誰能代替自己去做這件事。

「我是女人。遊子就不用說了，光是身為女人就有可能被神拒絕。」

人的價值不是由與生俱來的特質決定的。日織也希望神不會在意這種事。可是男人和女人在生理上有明顯差異。姑且不論孰優孰劣，總之兩者的構造截然不同。

女人會生孩子，男人不會。這種構造上的明顯差異可能會被神列入成為皇尊的條件。沒人聽神說過只有男人才能當皇尊，但是自古以來坐上皇位的都是男人，或許真的有其理由。

即使如此，日織還是想要試試看。她自幼就下定決心，若神不允許女人成為皇尊，那她連神也要瞞過。

「但你是男人，還是皇尊的皇子，除了聽得到龍語之外，你比我更有可能得到神的認可。」

像是在表示話已經說完，日織的視線轉向空露。

「空露，如果我在龍道裡被燒死，你一定要想辦法讓悠花入道，就算打昏淡海叔祖父也無妨。」

「我明白了。」

空露很冷靜，因為他和日織共度了二十年，日織的心思他比誰都清楚，他也知道這是非做不可的事。他們有太過充裕的時間能做好心理準備。

「拜託你了，悠花。」

日織按住悠花的肩膀，他輕嘆一口氣，點頭說：

「我知道了。既然我叫妳賭命去問，那我自己也不能逃避。」

「如果你當上皇尊，一切都能順利落幕。你會成為血統純正的皇尊，還能換回男人的身分。龍之原的人民和大臣都會很高興的，再怎麼樣都比前所未見的女皇尊好。」

悠花沒有回答，慢慢地跪在日織面前，把她腰間綁好的長帶解開，而後細心慎重地重新綁好，又站了起來。

日織露出微笑。

妻子為丈夫紮腰帶，意思是為丈夫祈求平安。

「無論別人怎麼想，我……都希望我的丈夫能當上皇尊。」

悠花美麗的雙眼筆直注視著日織，日織笑了。

「我真是娶了一個好妻子。」

她轉過身去。

「我走了。」

她說道。

空露跪下相送，悠花依然站著，視線牢牢地盯著日織的背影。日織可以感覺到他有力的目光。

一步，又一步。她逐漸接近地睡戶。巨大的黑門像未知的黑暗化為實體擋在前方，令人感受到不夠格的人瞬間就會被燒成焦炭的壓迫感。

熱風迎面撲來，熱得令日織不禁皺眉，但她還是毫不畏懼地向前走，把手按在門上。左右對開的門上嵌著黑色金屬門把。日織雙手抓住門把，摸起來好燙。雖然比不上吹來的熱風，但她一想到能讓門把變得如此燙手的熱源會有多強，不禁有些猶豫。

（我非去不可。）

她閉上眼，深呼吸。

（不津，抱歉，我絕不能讓你坐上皇位。）

就算日織無法當上皇尊，還有悠花在。一想到還有個可以託付的人，她就感到很安心。就算自己失敗了，她和其他人的心願還是有人會來實現。

（姊姊，空露，月白，居鹿……悠花。）

她像在念經似地默默誦念。

已經走到這一步了。

接下來就是探詢神的心意。

稍微用力一拉，門緩緩地開啟了。

日織向前走一步，烏皮鞋的底部傳來熱度。

熱風撲上她的全身。

□□□

日織打開地睡戶後，只看到一片無盡的黑暗。她剛走進去一步，門彷彿有了自己的意志，突然自動關上，外面或跪或站的人聽到關門聲都訝異地抬起頭。

（日織……）

空露意識到這聲音代表著有什麼被阻斷了，不禁屏息，閉上眼睛。

被阻斷的是他和長久以來共同奮戰的日織之間的某種東西。

（我已經把日織帶到這個地方了。）

七歲的日織看到宇預屍首的那一天，在心中留下了巨大的衝擊。那深刻的傷痕令她心痛不已。少年時代的空露也和她一樣留下了難以磨滅的傷痛。

因此，他聽到日織僭越的心願並沒有勸阻，反而幫助她實現。以照顧者、以護領眾的立場來看，這都是不對的。

他知道自己罪孽深重，仍然抱持著期望。就像是要忘卻失去宇預的痛苦一般，他身為護領眾卻憎恨著神和世人，為日織出謀劃策。而且背負這重責大任的並不是他自己，而是日織。

（對不起，日織。）

回想起這二十年，空露就感到無比愧疚。不過若能重來一次，他還是會做出相同的決定。他非得如此不可。

空露讓日織背負了一切，而自己所能做的就只是盡力幫助她。日織奮鬥到今天，拜託他的事只有一件。

那就是日織無法即位時，要想辦法讓悠花入道。

（一定……）

他睜開眼睛，面無表情地注視著地睡戶。

（無論發生什麼事，我都一定要完成日織的託付。）

□　□　□

悠花雙手握拳，仰望著隔開了日織的地睡戶。

（妳一定要回來，日織。）

他不斷地反覆默念，像是在鼓勵。

（我從沒想過要當皇尊，妳託付我這種事讓我很困擾。所以妳一定要回來。）

悠花和日織都是欺瞞著世人而活到今天的，雖然兩人活得一樣壓抑，但悠花只是氣憤埋怨，不會想到更多的事。

但日織不一樣。

她懷著憤怒和憎恨，還期望改變龍之原的現狀。她的心願是如此宏大。在悠花看來，那實在太愚蠢了，為了改變自己可恨可悲的處境去顛覆現狀，根本是不切實際的妄想。只要安分地生悶氣、自我同情、苦悶地躲躲藏藏，至少還能好好地活下去。

（但日織卻懷著那樣愚蠢的心願。）

可見日織有多麼勇敢。

悠花緊閉雙眼，回想起月白臨終時的哀傷笑容。她的眼中帶著一絲希望的神色。月白是個可愛的女孩，她開心地擲骰子、鼓起臉頰生氣、向日織撒嬌的模樣都令人忍不住莞爾，悠花覺得自己好像多了個可愛的妹妹。雖然月白看似天真可愛，事實上她活得比日織和悠花都痛苦。她最後懷抱的一絲希望，就是日織打造的未來。

在生命的最後一刻，月白一定打從心底期盼著日織能當上皇尊。

日織背負著月白、悠花、空露的期待，又得加上宇預皇女的憾恨，除了這一切之外，還有她自己的心願。她背負了這麼多東西，被託付了這麼多東西，悠花光是想像就快要喘不過氣了。

（月白也是，我也是，空露也是，我們都只是寄望於日織，自己什麼都做不到。）

寂靜籠罩。

漫長的寂靜。

沒人動彈分毫。

（日織，怎麼了？日織，日織！）

燈臺的火苗在黑暗中搖曳，只能看見巨大的黑門擋在前方。

沒有半點聲響。

——聽著！

尖銳的聲音如雷貫耳。

現場只有悠花一個人驚訝地左顧右盼。所有人都注視著地睡戶。只有悠花聽得見，那是龍的聲音。現場沒有皇尊一族的女性。

——聽著。

——聽著。

——聽著！

他從未聽過像這樣好幾個聲音交疊在一起的龍語。情況很異常。

龍喧鬧地叫喊。

——聽著！

——聽著！

（這是怎麼回事！）

悠花驚恐得寒毛直豎。他不敢隨便離開，又忍不住想去看看龍為何如此躁動。日織正在龍道裡，龍為什麼會在此時騷動？

（難道日織……）

悠花為了找尋龍的蹤影而往外跑。空露不安地望向悠花，但悠花無暇理會，繼續在黑暗中跑向通道。

穿過狹窄的隧道，來到懸空的迴廊。

一到外面，就有強風從龍稜的山腳沿著岩壁吹上來。

——聽著！

驅邪的角聲已經停止。有另一個聲音從龍稜的上方傳來。

悠花跑向迴廊的邊緣，抓住溼濡的欄杆探出上身，往山頂的方向望去。

有龍在上面。巨大的龍。而且不只一條。

比之前出現在大殿上方的龍大了三倍，而且總共有五條，在淡灰色的雲中豎起龍爪，滑動四肢，靈活地扭身，接著又抬起腳，像是在互相追逐玩耍，畫出了巨大的圓圈。

五條龍擺動龍鬚，銀色的鱗片閃閃發亮。
悠花赫然一驚。
（光！）
龍的鱗片之所以發亮，是因為反射了微弱的光芒。雲縫之間透出了陽光。悠花看看四周，看看自己的手，驚愕得屏息。
他抓住的欄杆還是溼的，但殯雨已經停了。
屋簷落下的水滴在陽光底下顯得晶瑩剔透。
——聽著。
聲音在悠花耳中響起。
他雙腿一軟，跪倒在地。
——皇尊，即位。

【參考文獻】

《日本服飾史　女性篇　風俗博物館所藏》（井筒雅風著，光村推古書院出版。）

《日本服飾史　男性篇　風俗博物館所藏》（井筒雅風著，光村推古書院出版。）

《圖解日本裝束》（池上良太著，新紀元社編輯部編，新紀元社出版。）

《beginners classics　日本古典文學　萬葉集》（角川書店編，角川 sophia 文庫出版。）

《圖說日本文化歷史3　奈良》（黛弘道著，小學館出版。）

《古代史復元9　古代的都市與村莊》（金子裕之著，講談社出版。）

《日本的歷史3　飛鳥・奈良時代　律令國家與萬葉人》（鐘江宏之著，小學館出版。）

※本作也參考了奈良縣立萬葉文化館的展覽及館內每月出版的《萬葉》（よろずは）。

國家圖書館出版品預行編目資料

龍之國幻想．1，欺騙神明的皇子／三川美里（三川みり）作．-- 1版．--［臺北市］：城邦文化事業股份有限公司尖端出版：英屬蓋曼群島商家庭傳媒股份有限公司城邦分公司發行，2022.06
面；　公分
譯自：龍ノ国幻想 1 神欺く皇子
ISBN 978-626-316-358-4（平裝）

861.59　　110019004

奇炫館

龍之國幻想1　欺騙神明的皇子

（原名：龍ノ国幻想 1 神欺く皇子）

著　　者／三川美里（三川みり）
譯　　者／HANA
執 行 長／陳君平
美術總監／沙雲佩
榮譽發行人／黃鎮隆
美術編輯／方品舒、陳又荻
協　　理／洪琇菁
總 編 輯／呂尚燁
執行編輯／許晶翎
企劃宣傳／楊玉如、施語宸、洪國瑋
國際版權／黃令歡、梁名儀
文字校對／施亞蒨
內文排版／謝青秀

出　　版／城邦文化事業股份有限公司 尖端出版
台北市中山區民生東路二段一四一號十樓
電話：（〇二）二五〇〇—七六〇〇
傳真：（〇二）二五〇〇—二六八三
E-mail：7novels@mail2.spp.com.tw

發　　行／英屬蓋曼群島商家庭傳媒股份有限公司城邦分公司　尖端出版
台北市中山區民生東路二段一四一號十樓
電話：（〇二）二五〇〇—七六〇〇（代表號）
傳真：（〇二）二五〇〇—一九七九

中彰投以北經銷／楨彥有限公司（含宜花東）
電話：（〇二）八九一九—三三六九
傳真：（〇二）八九一四—五五二四

雲嘉以南／智豐圖書有限公司
（嘉義公司）電話：（〇五）二三三—三八五二
傳真：（〇五）二三三—三八六三
（高雄公司）電話：（〇七）三七三—〇〇七九
傳真：（〇七）三七三—〇〇八七

香港經銷／城邦（香港）出版集團有限公司
香港灣仔駱克道一九三號東超商業中心一樓
電話：（八五二）二五〇八—六二三一
傳真：（八五二）二五七八—九三三七
E-mail：hkcite@biznetvigator.com

新馬經銷／城邦（馬新）出版集團 Cite（M）Sdn. Bhd.
E-mail：cite@cite.com.my

法律顧問／王子文律師　元禾法律事務所
台北市羅斯福路三段三十七號十五樓

二〇二二年六月一版一刷

■中文版■